JN091676

まさかの日々

Nakano Midori

中野翠

毎日新聞出版

まさかの日々　目次

2020年10・11月

2020年12月

2021年1月

2021年2月

2021年3月

2021年4月

2021年5月

2021年6月

2021年7月

2021年8月

2021年9月

2021年10月

各章末のコラムは書き下ろし。イラストも著者。
各コラム最後の（　）は『サンデー毎日』掲載号数です。
単行本収録に際し、改題・修正を行いました。
本文中の写真のクレジット表記のないものは共同通信、毎日新聞社。
文中の年齢、肩書き、商品の情報等は掲載当時のものです。

まさかの日々

2020年

10・11月

秋澄むや埠頭の先の異国船

◉トランプ嫌い◉男の分別学◉ポツンと一軒家

十一月三日には**アメリカの大統領選**がある。それに向けてのドナルド・トランプ氏（共和党）とジョー・バイデン氏（民主党）の一対一の討論の様子を、TVニュースで途中からだったが観た。

私はドナルド・トランプという人物が嫌い。どこが嫌いかというと話が長くなるので思いっきり省略するが……。「他人と対等につきあう」というセンスがまるでない人、というにおいがプンプンするから。

威張り屋は周囲の人を自然と卑屈にしがち。だから、イヤ。

古風に言うなら「お山の大将」で、狭いご町内だったら、それもまたご愛敬（あいきょう）ですむだろうが、一国の、しかも大国のトップとしては、いかがなものか？（来日して国技館での相撲見物。その時の失礼な態度。私は忘れないからね）

人間関係を上か下かでしか見られないという人は案外、多くいるもんなんだなあ――と、世間知らずの私は社会人になってから、ようやく気づかされた。

上下関係に関しての敏感さの奥には、自己防衛的な意識があるのだろう。「この人と親しくすればトクかソンか？」という計算も瞬時にして働くのだろう。いわゆる「寄らば大樹」ということになるのだろ

バイデン米大統領

う。

私は、アメリカのユーモア・ミステリーを好んで読んでいた時期があった。その中の一冊に（作家もタイトルも忘れてしまったのがシャクだが。もしかしてドナルド・E・ウェストレイクの本だった？）、小悪党のセリフで、

「金に身をすり寄せていれば、いつか金の破片がこぼれ落ちてくるもんだぜ」――

というのに目を見張り、そのリアリズム（？）に笑った。トランプ人気の中には、その手の心理も働いているのかもしれない。

人柄が「わかりやすい」トランプに比べると、バイデンは無難そうだけれど、トランプを倒すほどの「強さ」には欠けている。新型コロナウイルス感染拡大と中国の責任をめぐっても、「小さく内向き」という印象になってしまった。それはやっぱりマイナスだったのか、さすが、木村太郎さんは、そこのところをついて「トランプの勝利」とコメントしていた……。

＊

雑誌『オール讀物』で、まっ先に読むのは東海林さだおさんのエッセー（＋マンガ）の「男の分別学」。

その連載が四十年になるというので、十一月号では「**祝・男の分別学40周年**」と題して、東海林さんと（なんと！）田原総一朗さんの八ページにわたる対談が掲載されていた。

最初のページの顔写真に、「田原総一朗86歳」「東海林さだお83歳」と大きく明記されていて、タ

イトルは「好奇心と性が僕らの原動力」――。

田原氏は『朝まで生テレビ!』が、もう三十三年。東海林氏は『オール讀物』連載の「男の分別学」が、もう四十年――。

お二人とも長期にわたる仕事の原動力になっているのは、まず「好奇心」だという。東海林氏は対談前に田原氏の著書二冊(『セックス・ウォーズ　飽食時代の性』『シルバーセックス論』)を熟読してきていて、まずはその方面の話からスタート。

田原氏は、二〇一七年のNHK『クローズアップ現代+』が**老人の性**をテーマにした回にゲストとして招ばれて以来、老人の性に関心を抱き、老人向けの風俗産業を取材。さまざまな発見や驚きがあったようだ(私もこの対談を読んでハア!?と思うこと、いろいろ)。

田原氏の発言で、ほほえましかったのは、「僕は近江商人の末裔なので、幼いころから祖母に『三方善し』の心得を言い聞かされて育ちました。三方善しとは、まずお客さんにとって善し、次に、世間に善し、そして自分にとって善しです。デリヘル経営も決して例外ではない」という言葉。

東海林氏が「さすがに丁寧すぎませんか?　射精〝していただく〟って(いう言い方は)……」と言うと、田原氏は、「企業はお客様あってこそ、成り立つものです」と言い、日本航空が経営破綻した時、「稲盛(和夫)さんは『飛行機はお客様に乗っていただくものだ』ということを徹底して指導したと。どんな仕事でも大事なことです」と、キッパリと。

デリヘルが一気に日本航空へ。その飛び方に、私、つい笑

『シルバーセックス論』(宝島社)。田原氏、こんな著作も……。

ってしまう。もちろん田原氏は大マジメに語っているのだ。

田原氏の取材によると、「最近では、老人ホームでもデリヘルを黙認しているといいます」。東海林氏は「エーッ!?」と驚いていたが、私も驚いた。田原氏によると「大っぴらにはしていませんが、利用している入居者は結構いるそうです」――。

エエーッと反射的に顔をしかめてしまったけれど、「大っぴらでなければ、まっ、いいか。それが生きる喜びになるのであれば……。デリヘルのみなさん、おつとめご苦労さまです!」という気分になりました。

シマフクロウの成鳥(左)とヒナ。かわいい!

*

さて。十月二十五日、日曜日。私のヒイキ番組『ポツンと一軒家』(テレビ朝日)は北海道に飛んで、絶滅危惧種のシマフクロウの保護活動をしている夫婦の暮らしを追っていた。

森の中のまさにポツンと一軒家。東京から、水道もないところを切り開いての転居。

私は知らなかったが、シマフクロウはフクロウの中でも一番大きくて、日本では北海道にしか生息していない。今では絶滅危惧種に指定されている。

映像で初めて見たわけだが、シマフクロウ、やっぱりかわいい!

顔部分は小さめのように思ったが。

パチッと見開かれた丸い目。ヨーロッパでは、フクロウはあの目ヂカラゆえか知恵の象徴のように言われていて、フクロウをかたどったアクセサリーが多い。高校時代からの友人（現在、オランダ在住）K子はフクロウ好きなので、いっしょにヨーロッパ旅行をした時、喜々としてフクロウをモチーフにしたペンダントを買っていたのを思い出す。

正面向いて直立している姿は他の鳥たちと一線を画している。ちょっと人間ぽい。フクロウは知恵あるオジサン――というイメージ。

大自然の中のポツンと一軒家の暮らし（犬は絶対、欠かせない）――。私はそんな暮らしにずうっと憧れているのだが、イザ現実問題としては、とうてい無理。

家や庭の手入れ、さらに犬（小さな犬には興味が薄く、中型あるいは大型の犬が好き）の世話……。ぐうたら者にはっとまらない。

はい、森の中の暮らしは「見果てぬ夢」です。

（2020年11月15日号）

◉オバタさん◉プラスチックの海◉館長さんにエール◉母の日記

十一月二日。新聞朝刊に懐かしい顔写真あり。

二年前の夏、山口県で行方不明になった二歳児を発見、救助した〝スーパーボランティア〟の尾畠春夫さん、八十一歳。秋の褒章で、社会奉仕活動を対象とした「緑綬褒章（りょくじゅ）」というのを受章したという。

二年も経（た）って……というのが、ちょっと歯がゆいし、尾畠さんはそういうことには無頓着だろうが、当然の受章でしょう。

被災地での活動は二〇〇四年の新潟県中越地震からだった。経営していた鮮魚店を閉めてから、**「社会への恩返し」**という気持ちでボランティア活動を始めたという……。

尾畠さんは、学歴はなくても頑健な体と豊かな世知と明朗な心の持ち主だ。受章しようがしまいが、尾畠さんの人柄には何の変化もないだろう。

ぐうたら者の私とは、ほぼ対極にいる人。はい、眩（まぶ）しいです。恥ずかしいです。私には、人助けできるようなスキルは全くないのだもの。原稿書きしかできないのだもの。人助け以前に人に迷惑をかけない――というのが精いっぱい。

だいぶ違う世界にいる人だけれど、尾畠さんのニュースに接すると、何だか明るく楽しい気持ちになる。

＊

話は一転。十一月十三日公開のイギリス・香港合作のドキュメンタリー映画『**プラスチックの海**』の試写を観て、唖然（あぜん）。

ひとことで言えば「今どきの海はプラスチックのゴミによって、こんなにひどい状態になっている」と警鐘を鳴らす映画。

おおいに反省させられる。

なんでも、年間八〇〇万トンものプラスチックのゴミが海に棄てられていて、海底に沈んでいるからパッと見ただけではわからないものの、潜って見ると、あらまあ、こんなに！——という惨状。

何しろプラスチックだから、海の中でも地上のゴミタメにあるのと同様の形を保っている。それがどんどん増えてゆく——。

そんな海底の様子は考え及ばないままに、私は海を見て「ああ、大自然！」と感動し、俳句などひねったりしていたのか……。

海の生きものたちにとっては、そんな変化がじかに影響する。浜辺に打ちあげられた大きな魚のハラワタの中はプラスチックゴミでいっぱい——というシーンが、頭に灼きついてしまった。

『プラスチックの海』
配給：ユナイテッドピープル

海洋生物の楽園を人間たちが荒らしているのだ。その報いは人体の異常となって表れる。生きものたちは、ヒトも含めて食物連鎖でつながっているのだから。

正直言って、私はエコロジストの人たちに対しては敬遠ぎみ。何だか「正義は我にあり」といった気配がこわいので……。それでもこの映画にはだいぶ触発された。

食べもの飲みものの容器に対して、もっと神経質にならなくては。スーパーのレジ袋は断って、専用の買い物袋（折りたたみできる物）を持ち歩くようにしよう——と決めた。今すぐ簡単にできることなので。

十一月一日、日曜深夜の日本テレビ。『キネマに捧げた50年〜別府ブルーバード劇場〜』というドキュメンタリーを、途中からだが観た。

一九四九年開館という大分県別府市の古い映画館。館長は三代目。二代目だった夫が亡くなって以来、その跡を継いで館長に。もっか八十九歳——というが、全然そう見えない。若々しく、きびきびと切り盛りしている。

コロナ禍で映画館は大ダメージだが、クラウドファンディングや「別府ブルーバード劇場」のファンに支えられているという。

1949年開館の別府ブルーバード劇場。

映画人の中でも、この映画館を愛する人たちがいて、阪本順治監督も年に一度はやって来て、舞台挨拶をするという。

映画ライターの森田真帆さんは「館長の笑顔をずうっと見ていたくて」と、別府に移り住むようになったという。

ラスト近く、取材者の館長さんへの「一番好きな映画は何ですか?」という問いに『ひまわり』と答えていたのが嬉しかった。『ひまわり』は一九七〇年の作だから、もう五十年前の映画ということになるのよね。

たまたま私、数カ月前に『ひまわり』をDVDで観直してつくづく感動と、ともに感心したんですよね。主役二人(マルチェロ・マストロヤ

大学のクラスメイトと観た。半世紀も前のこと。

『ひまわり』（デジタル・リマスター版）
DVD 発売中
発売元：㈱IMAGICA TV
販売元：エスピーオー

ンニ、ソフィア・ローレン）の演技は言うまでもなく、物語の語り口に（脚本、演出、撮影……）、文句のつけようナシ。堂々の大人映画。人生の皮肉、そして無常――若い頃に観た時より数倍、胸にしみた。

最後に館長さんは微笑とともにこう言った。「引退は考えていません。命ある限り続けます」――。私も東京からエールを送りたい気持ち。

*

机の引き出しを整理していたら、古びたノートが出てきた。そうだ、**母の日記**だ。以前、チラッと読んだだけで、処分はできず、取っておいたのだった。

あらためてジックリ読んでみた。当時、私が大学三年生ということは五十代にさしかかった頃の日記――。

祖父は九十歳で、当時としては大変な長寿。元気だったのに、その年の数カ月前から寝たきりに。それまで巣鴨の親類（父の妹の嫁ぎ先）へ行ったり来たりしていた祖母が、ずうっと家にいるようになっていた。

母も祖母も従順な性格だから、嫁と姑の言い争いなどは見たことがない。それでも、この日記を読むと隠然とした攻防戦があったのだ……。

母が植えたサルビアを、何が気に入らないのか祖母が他の所に植え替えたとか、物置の中を見て我慢できないとばかり片付け直したとか。ノートに憤懣を書くものの、「まあいい、だまっていればいい」と気を取り直そうとしているところが、いじらしいじゃないですか。私は断然、母の味方。

やがて祖父が寝たきりになり、オムツをつけることになってから、俄然、対立が激化（という程でもないが）。祖母も母もオムツ係は私が、とばかり、イニシアチブを取り合うのだ。

このあたり、有吉佐和子の『華岡青洲の妻』（新潮社）を連想させるが、そちらは妻と母が互いの意地をかけて全身麻酔の実験台になることを競い合うという話なので、オムツ係の取り合いとは格が違う。

母は続けてこんなふうに書いている。「他の家では若い者が年寄りの仕事を取ってしまうと言うが、私の家では反対の様な気がする。私は年取ったら若い者にまかせて、楽をするつもり」と。

実際、兄夫婦にも妹夫婦にも、そして一番の「問題児」の私にも余計な口出しはしなかった。

子どもの頃は何となく、自分は父親っ子だと思っていたのだけれど、実のところ、今は断然、母のほうが恋しい。マザーコンプレックス？

中学生の時だったと思う。ワルガキ同級生から「中野んちのババア、（見た目が）中野にソックリなー」と言われたことを思い出し、妙に嬉しがっている。

（2020年11月22日号）

◉安心と不安と◉ヒトとイヌ◉落語の愉しみ

アメリカの大統領選は接戦のあげく、民主党のジョー・バイデン氏が勝利した。トランプ嫌いの私は、ホッと胸を撫(な)でおろした。べつだん「やったー!」とはしゃぐこともなく。とりあえず、これからはメディアがトランプ氏を取りあげることも少なくなるだろう……という安堵(あんど)。

大金持ち（実は結構、火の車という説もあり）のくせして品格のないトランプ氏よりもバイデン氏のほうが、まだマシかと。内政はともかく外交（特に対中国）は気になるものの。

アメリカ初女性副大統領カマラ・ハリス。

娘婿のクシュナー氏やメラニア夫人が説得しても、トランプ氏は敗北を認めず、ようやく声明だけは発表。

もちろん！　フェアプレーな声明などではなく、バイデン氏の勝利に難癖をつけるようなものだった。まったく見苦しい。聞き苦しい。アメリカの民主主義の歴史に泥を塗るようなもの。「往生際(ぎわ)」も悪いのだった。

さて、ここで話はグッとミーハーになりますが、書かずにはいられない。私がかねて注目しているのが、トランプ夫妻の息子・バロン君。

大統領就任時、トランプ夫妻と共に写真に写っていたのを見て、俄然、注目。小さなマッシロの顔にマッサオの瞳、ピンクの唇——。ちょっとした美少年。それもヒトクセありそうな「冷血の美少年」といった言葉がピッタリのような。それが三年後の今や十四歳となって、身長一九〇超センチとか。顔はあいかわらず小さく、手脚ばかりが伸びている……。

そうそう、今回の大統領選では、カマラ・ハリス上院議員（五十六歳）が副大統領に就任ということになる。

これは「女性としては初」であり「アフリカ系、アジア系としても初」。父親がジャマイカ系で、母親はインド系だという。結構なことではないですか。話しぶりもテキパキしていて、危なげない。美人だし。服の趣味もいいし。

私はＴＶで最初に観た時、ＴＶキャスターかと思った。地味なバイデンに華（はな）を添えている――という効果もあり。

＊

以前からたびたび書いていてシツコイのだが、私は犬好き。

今のマンションは何かと便利で居心地よく、もう三十年余り住んでいるのだが、犬が飼えないのが唯一最大の難。

もしかすると小型で鳴き声も小さな犬ならＯＫなのかもしれないが、私が飼いたいのは中型犬（ほんとうは大型犬に憧れているのだが、もはや、どう考えても体力的に無理。散歩のリーダーシップは取れないだろう……）。

というわけで、十一月六日再放送のNHK『又吉直樹のヘウレーカ！』「なぜ犬は人になつくのか？」を興味深く観た。

ヒトとイヌとの長い長い共生の歴史。ほぼ三万年も前からのことだという。

ヒトの目というのは、他の動物と違って白目部分があるということが重要との話に、「あっ、確かに！」と思った。白目があることによって黒目の動きがわかり、その動き（視線＝表情）によってヒトとヒトは互いの心のうちを読み取ることができる。そして、イヌもまた、視線や指さしに反応することができる……。そこからヒトとイヌとの長い共生の歴史が……。

最近はセラピードッグとして読書介助犬も活躍。

そういう話だけで、もう目がしらが熱くなってしまう。盲導犬だの介助犬だの、ほんと、けなげ！

私の実家では二代にわたって犬を飼っていたが、育て方が悪かったのか、両方ともあんまり賢くはなかった。家の中に入れてもらいたがって、うるさく吠（ほ）えて、近所迷惑なのでは？と気をつかわずにはいられなかった。

それでも散歩の時は、いい子。他の犬を見かけても、すましてグイグイ歩いてゆく。犬の心と私の心が一つに溶け合っている気分。

明治の作家・二葉亭四迷も大変な犬好き。中学生の頃の国語の教科書に掲載されていた愛犬話の中で、確か犬と自分の心が「渾然（こんぜん）として一如となる」と形容していたと思う。「渾然」のところは、ちょっと自信がないが。とにかく一つに溶け合ってゆく感じ。

やっぱり犬が飼えるマンションに引っ越すべきか？　また、迷い始めている。

＊

『落語の行間　日本語の了見』（左右社）という本が送られてきた。著者名を見て、アッと、懐かしく思った。重金敦之さん――。

もうザッと三十年くらい前になるか。私は『週刊朝日』に小さなコラムを書いていたことがあった。週一回、編集部に出向いて、女性週刊誌（当時は四誌ほどあったと思う）に目を通し、関心をひかれた記事を簡単に紹介しつつ、少しばかりフザケたコメントをつける――という仕事。

いつも決まった席で書いていた。その席と背中合わせの列に、いくつか年上の、感じのいい男の人がいた。エラソーにしたり、声を荒らげたりなぞしない、明朗な笑顔の人、それが重金さんだった。

『落語の行間　日本語の了見』（左右社）。

あらー、やっぱり落語好きだったのね、と嬉しく思い、さっそく読んだ。

私も落語好きで、十年ほど前に『この世は落語』という本を筑摩書房から出版していただいたことがある（その後、ちくま文庫に）。

私は子どもの頃からの熱心な落語マニアというわけではな

く、中年になってからのある日、TVで古今亭志ん朝の落語を観て（聴いて？）、異様な感動に襲われて、以来、志ん朝の落語CDを次々と買って、聴いて……というのが始まり。

志ん朝を皮切りとして、その父・志ん生を、さらに、それと並び称された桂文楽を……というふうに次々と聴くようになり、「落語、スゴイ！」「落語、最高！」という気分になり、以来、就寝時には必ず枕元のラジカセで落語CDを聴きつつ眠りに入る、ということに。いまだにこの就眠儀式は続いているというわけ。

話は戻る。重金さんの『落語の行間　日本語の了見』は、私の何倍もの知識や寄席経験が豊かなのに、それを誇示することもなく、ゆったりと愉しみながら書いている――という感じが伝わってくる。

重金さんは、朝日新聞社に入社して『週刊朝日』に配属となって、最初に担当したのが結城昌治さんの小説『白昼堂々』。その縁もあって『志ん生一代』も担当することになったという。そうか、そうだったのか、読みましたよ、私。志ん生のメチャクチャぶりばかりではなく、当時の興行の世界の様子も興味深いものだった。

今や死語で、落語の世界でしか味わえない日本語の数かず……たとえば、「立て過ごす」「立て引きが強い」「そっぽがいい」「はんちく」「けんとく」などに注目しているところも愉しい。「シカト」という言葉の由来は花札、と私は初めて知った……。

と、こう書くとウンチク自慢のように受けとめられてしまいそうだが、全然そんなふうではない。面白がって書いているだけ、落語の愉しみを分かち合いたいだけ、というのが伝わってくる。

（2020年11月29日号）

◉ユダヤ人って？◉国立競技場は今…

欧米の映画を観ていて、イマイチよくわからないのが、ユダヤ人のこと。

ヒトラーによるユダヤ人迫害を背景にした映画はたくさんあるが、日本人の私の目には見分けがつけづらく、ザックリと「白人」としか見えない。カギ鼻というのがユダヤ人の特徴と言われるが、あんまりあてにはならない。

私は全然詳しくはないのだけれど、ユダヤ人には独特の笑いのセンスがあるようで、マルクス兄弟もレニー・ブルースもサシャ・バロン・コーエンもウディ・アレンもユダヤ系。「ユダヤ・ジョーク」と呼ばれる伝承的な笑いの文化があるせいだろうか。

そもそもアメリカの映画会社（例えばパラマウント、ワーナー・ブラザース、MGMなど）もユダヤ人が設立したもの。職業的迫害を受けていたユダヤ移民の人びとが、映画という新奇なビジネスに目をつけて、それを成功させたのだった。

そういう歴史もあってか、第二次世界大戦下、ヒトラーによって迫害されたユダヤ人たちの話は、戦後七十年以上も経った今でも、続々と映画化されている。「もはやウンザリ」ということになりそうなのに、いまだに面白いのだ。興味をひくのだ。

そもそも戦争という事態が人間ドラマの宝庫。国と国、人と人、そして生と死……。

というわけで、十一月下旬にはヨーロッパを舞台に、ナチスの迫害から逃れるユダヤ人を題材にした映画が、あいついで公開される。

ドイツ映画の『**ヒトラーに盗られたうさぎ**』、そしてイギリス・ベルギー合作映画『**アーニャは、きっと来る**』。

　この二本は子どもを主人公にしたものだけれど、ハンガリー映画『**この世界に残されて**』は、四十二歳の男と十六歳の少女の物語。時代背景も第二次世界大戦が終結して三年後——。

　ハンガリーでは約五十六万人ものユダヤ人が殺害された。いわゆるホロコースト。

　物語の主である中年男アルドは、かろうじて生きのびて、今は病院で婦人科の医師になっている。

　同じ町に住む少女クララもまたユダヤ人で、ナチスによって家族を失い、独りぼっち。大叔母に引きとられたものの気が合わず、イライラしている。初潮を迎えてもいい年なのに、その気配がないことを心配した大叔母はクララを病院に連れて行く——そうしてアルドとクララは出会った。二つの孤独な魂は急接近してゆくのだが……という話。

　中年男と美少女の話というだけで、「ロリコン映画」なんて決めつけないでもらいたい。もっと

スイスへと亡命したユダヤ人家族の話。

『ヒトラーに盗られたうさぎ』
DVD発売中　販売元：TCエンタテインメント

ナチス占領下の南仏の村を舞台にしたもの。

『アーニャは、きっと来る　ユダヤ人を救った少年の物語』
DVD発売中
発売・販売元：インターフィルム

ユダヤ系の中年医師と少女の、
せつない心の交流。

『この世界に残されて』
配給：シンカ
©Inforg-M&M Film 2019

心の深い部分で惹かれ合うのだ。パターン化して観てほしくない。

医師アルドを演じたカーロイ・ハイデュックは頭髪ハゲ気味だけれど、知的であるばかりでなく、何と言ったらいいのだろう、「やるせない」という言葉がふさわしい風情なんですよ。ハンサムとかブサイクとかいう基準では測れない「風情」というもの。クララ役もキリリとした美少女。

ホロコーストを生きのびても今度はソ連が強権をふるうことになる……。そんな時代背景も過不足なく描かれている。郊外の冬枯れ風景も胸にしみる。上映時間八十八分というのも適切。

＊

十一月十五日（日）の昼さがり、NHKの特集企画**『これが新スタジアムだ　8Kで体感！　国立競技場』**を途中からだが、興味深く観た。

東京2020オリンピックはコロナ禍を受けて、二〇二一年の夏に開催ということになった。その頃までには、新型コロナウイルスの感染はおさまっているはずという予想のもとに……。

ほんとうにそうなっているかなあ。ちょっと心配。うまくおさまっていたら、世界的規模で苦しみを与えたコロナ禍からの解放感に沸く、祝祭的な、記念すべきオリンピックになるだろう。そう願いたいところです。

さて。順調にいけば、東京オリンピックは二〇二一年七月二十三日から八月八日まで。オリンピック開催が東京と決まった時、私は、なんで蒸し暑い真夏に!?と怒りすらおぼえたのだったが（前回の東京オリンピックは十月だったのに〜と）、諸般の事情があるらしく、「しかたないか」とあきらめた。気持ちを切り替えた。前回の東京オリンピックの思い出にしがみつくべきではないだろう、と。

『これが新スタジアムだ　8Kで体感！　国立競技場』では、設計を担当した建築家・隈研吾さんにアナウンサーがインタビューする形。

丹下健三設計　代々木の屋内総合競技場（1964年）。

私は、建築関係のことにたいした関心もなく無知だが、隈研吾さんの名前くらいは知っていた。その世界では一番の有名人。どうやら、今度のスタジアムの設計は、自然との調和を心がけたものらしい。風や緑や日ざし……などを取り入れる工夫があちこちに。

スタジアム全体の設計もさることながら、イスのデザインにまで気を配っているんですね。奥の座席でも見やすいように、と。疲れないように、と。建築家って大変だなあ、と痛感。すべてを一人でやるわけではなく、チームで設計していくのだろうが。

前回（一九六四年）の東京オリンピックの時、サブ会場となった国立代々木競技場の設計者は丹下健三さんだった。一気にその名は（顔写真も）知れ渡った。

あれは、東京都庁が有楽町駅近くにあった頃。私の記憶では一九七〇年代後半だったような気がしてならないのだけれど……妹（もしかして女友だちだったかも）と西銀座デパートのフードセンターのような所でコーヒーか何か飲んでいたら、まん前の席に数人のセビロ姿の男の人たちがやって来て、同じテーブルの向かい側に座った。

目の前に座った人を見て、私はアッと驚いた。丹下健三さんだったので。

あとで気づいたのだが、あれは都庁（老朽化していた）を視察したところだったのだろう。

話の内容はおぼえていないけれど、有名人なのに気さくな話しぶりだった。東京都庁は、それからだいぶ経った一九九〇年、新宿に完成した。

「世界のタンゲ」と呼ばれた丹下健三さんは一九一三年生まれ。三歳年上の「世界のクロサワ」黒澤明監督と顔立ちがちょっと似ている感じがする。特に眉毛が。

話は大きく戻る。前回の東京オリンピックの時、私は高校生で、同じクラスのMさんが聖火リレーの伴走者に選ばれたのが羨ましくてたまらなかった。短い区間の伴走者であっても、オリンピックに一枚かむことができるのだから……。

同窓会の時、Mさんにその話をしたら、本人はべつだん嬉しくも何ともなかったみたい。

そうそう、最終走者として聖火台に点火した坂井義則君（当時、早稲田大一年生）は二〇一四年に六十九歳で亡くなったんですよね。社会人になった頃には、オリンピックに関しては批判的だったという。


（２０２０年12月6日号）

◉あの日、屋上から◉『玉電松原物語』

十一月二十一日。夜九時からのNHKスペシャルでは『三島由紀夫　50年目の〝青年論〟』を放映していた。

そうか、そうだよね、あれから半世紀も経ってしまったわけなんだよね……と呆れるような気持ち。忘れっぽい私でも、「あの日」のことは忘れない。

大学を卒業して、御茶ノ水の出版社に勤め始めた頃、大学時代からの友人で、市ヶ谷近くで働いていたT氏から電話あり。「大変だよ、三島由紀夫が市ヶ谷の自衛隊に乱入したんだよ、（T氏の同僚で私も親しくしていた）石井君は自衛隊に飛んでいった」と。

私は呆然。フラフラと屋上にあがり、市ケ谷方面をボーッと見つめるばかり。その頃社内も騒然となって、みなTV中継に見入っていた……。

ナミの死に方ではなかった。割腹自殺、そして森田必勝氏による介錯（首をはねる）――。いくぶんフザケた気持ちで言うならば、こんなハデで思わせぶりの自殺はない。肉体と頭脳を断ち切るという形での死に、三島由紀夫はどんな思いをこめたのか……と、いまだに考えさせられてしまう。

そうそう、だいじなこと。（だいぶ後になってから知ったのだが）当時の『サンデー毎日』編集部には三島由紀夫に信頼されていた徳岡孝夫さんがいた。事件当日、徳岡さんのもとに三島由紀夫から電話がかかってきて、指定された市ケ谷会館におもむいたら、（当人ではなく他の人からだったが）三島由紀夫の手紙と檄文を手渡されたという。

私はそういうことはあまり知らないまま、一九八〇年代に文藝春秋が出版していたオピニオン雑誌『諸君!』の巻頭コラム「紳士と淑女」の匿名連載を愛読していた。辛辣（しんらつ）で、ジャーナリスティックでありながら、どこかおおらかで、情（じょう）があるところに惹かれたのだと思う。その謎の筆者が徳岡孝夫さんだったのだ。

八年ほど前、文藝春秋の編集者I氏が徳岡さんのご自宅に連れていってくれた。想像通りのお人柄だった。I氏は徳岡さんとの共著を提案してくれて、それは『泣ける話、笑える話——名文見本帖』（文春新書）というタイトルで出版された。愉しい仕事だった。

徳岡孝夫さんは九十歳になった今も健在。頼もしい大先輩——。

＊

新潮社から**『玉電松原物語』**という本が送られてきた。ハッとする。著者が坪内祐三さんだったので。

今年一月十三日に急逝した〝ツボちゃん〟。死因は心不全という話だが、突然の、アッという間のことだったようで、私なぞ今でも、ほんとうのこととは思えない。悪い冗談のように思う。

何かにつけて、「あっ、これは坪内さん好みの事件だな」とか「これは坪内さんだったら面白がってくれそうだ」とか「この事件、坪内さんだったら怒るだろうな」などと思い、三秒後くらいに「あっ、坪内さん、もういないんだ……」と気づく。その繰り返し。いまだに。

『玉電松原物語』は『小説新潮』に連載していた少年期の話を一冊にまとめたもの。

わくわくと、面白く読んだ。カバーをはずすと本体の表紙に坪内少年が住んでいた家の近くの絵地図（昭和四十年代）が描かれているのも、ありがたい。

世田谷にはいささかの縁がある。大学生の頃、友人の紹介で世田谷区民会館近くの学習塾で、「先生」のアルバイトをした。週一、二回、二年間ほど。生徒たちは小学四年生とか五年生とか。今にして思えば、ちょうどツボちゃん世代の子たちなのだった。

塾の先生のアルバイトは、あとにも先にも、その時だけ。落ち着きなく、ふざけ騒ぐ子たちをコントロールするだけで精いっぱい（近くの会館でザ・ドリフターズの公演およびTV収録があったりする時は特に）。

その塾の近くに区役所があった。その頃までわが家の本籍は世田谷にあり、埼玉・浦和に「転籍」するために世田谷区役所で手続きを代行させられたことがあった。

坪内さんが生きていたら、そんな話もしただろう……。

この『玉電松原物語』では、冒頭いきなり「東京で生まれ東京で育った私ではあるが、自分のことを『東京っ子』とは言い切れぬ思いがある」と書いている。「山手線の内側はおろか環状七号線の内側にも暮らしていなかったのだ。だから『東京っ子』を自称するのはサギめいている気がする」と、その根拠を示している。いかにも坪内さんらしい厳密さ。「なるほどねえ……」と微笑が湧いてくる。

坪内さんは昭和三十三年に初台（渋谷区）に生まれ、同三十六年に世田谷区の赤堤に引っ越した。当時の赤堤には畑がたくさんあり、牧場まであったという。戦前からの四谷軒牧場——。「ある時四谷軒牧場が火事になり、背中が燃えている牛が小学校に入りこみ、校庭を狂ったように駆けまわり生徒たちはパニックになった」――と、小学四年生の時の朝礼で、最古参の女性教師から、昭和三十年代の話として聞いたと書いている。背中が燃える牛――。シュールじゃない!?

この『玉電松原物語』は、『小説新潮』二〇一九年五月号から二〇二〇年二月号に掲載されたもの。あと何回か続いたはずなのに、坪内さんの急逝によって未完となった。ほんと、もっともっと読みたかった。

巻末に、作家にしてグラフィックデザイナーの吉田篤弘さんの追悼エッセーもあり。坪内さんより四歳下だが、同じ世田谷区立赤堤小学校に通っていたという。

二人が初めて会ったのは二〇〇二年のこと。初対面でテレくさかったのだろう、坪内さんは目をそらしたままだったのが、吉田さんが「じつは、僕も赤小（赤堤小学校）なんです」と言ったとたん、「えっ、本当に?」と、「ものすごく嬉しそうにして、そこから先はもう親戚のお兄ちゃん――いや、すっかり小学校の先輩として話してくれたのだった」という。

その様子がほほえましく目に浮かぶ。無邪気なツボちゃん――。と、こう書きながら、私は一度も「ツボちゃん」と口に出して言ったことはなかった。いささかの距離を保つべく、「坪内さん」と呼んでいた。編集者として、ライターとしての坪内さんに対する敬意も強かったからだろう。坪内さんの原稿用紙の字は大変な癖字で、私のほうが断然キレイで読みやすいのだけどね!

そうだ……いまだに（編集担当者の苦労を察することなく）パソコンを使わず、かたくなに手書き原稿――というところは坪内さんも同じだった。そういう意味でも、「また一人、同志を失った」という気持ち。

今年の一月二十三日。坪内祐三さんの告別式から帰宅、着替えをしようとして転び、左手首骨折。

入院して手術（四泊五日）。退院したら、世間は新型コロナウイルスにおびえることに……。

「ツボちゃん」が、この世を去ってからのこの一年、「ロクなことはないよ」――と言いたい気持ち。


（2020年12月13日号）

◉呉の老夫婦◉イスラエルの老夫婦◉マスクの街

十一月二十九日（日）の昼間、フジテレビの『ザ・ノンフィクション――おかえりお母さん～その後の「ぼけますから、よろしくお願いします。」』に胸打たれた。

途中から（たぶん始まって数分後？）観たのが悔やまれる、とても素敵な、胸にしみるドキュメンタリーだった。

TVのドキュメンタリー部門のディレクターである信友直子さん（一九六一年生まれ、広島県呉市出身）が、長寿の父母の暮らしを追ったもの。

いやー、笑いあり涙あり。呉市ということもあって、同じ広島県の尾道を舞台にした小津安二郎監督『東京物語』の老夫婦（笠智衆、東山千栄子）の姿も、せつなく思い出される。

さて、このドキュメンタリーのぬしである夫（九十九歳）は認知症だった妻（九十一歳）に先だたれる。その葬儀の時、夫は「ここで生きて返ったら、みんな、たまげるのぅ」と言い、遺体に「あの世で仲よう暮らそうで」と話しかける。

たまらない。

せつないおかしみも漂う。


どうしたって、私自身の、父母との別れを思い出さずにはいられない。父は八十一歳で、母（父より八歳下）は九十一歳で逝った。

父の訃報を聞いて、病院に駆けつけた時、母は笑うような泣くような顔をして「おしまいになっちゃった」と言った。

以後、母はゆっくりと「ボンヤリした人」になっていった。おとなしくボケてフェイドアウトという感じ……。

そんなふうに自分の父母との別れを重ね合わせながら、このドキュメンタリーを観た人は多いだろう。

フッと小津安二郎監督の言葉を思い出す。「やっぱり映画はホームドラマだ」「何でもないものも二度と現れない故にこの世のものは限りなく貴い」――。

にわかに、また（何度目だ!?）、『東京物語』の老夫婦に、DVDで会いたくなりました。

『声優夫婦の甘くない生活』
21年12月17日ダウンロード販売／デジタルレンタル配信開始
配給・宣伝：ロングライド

＊

イスラエル映画『声優夫婦の甘くない生活』というのが公開される。

イスラエルと言ったら、エルサレムという、さまざまな宗教（キリスト教、イスラム教、ユダヤ教）の聖地とされているところがあって、宗教というもの自体に関心の薄い私にとっては、よくわからない国なのだが……。

『声優夫婦の甘くない生活』は、そういう背景をあまり意識することなく、意外にも面白く観ることができた。

ソ連ではそこそこ活躍していた声優夫婦が、第二の人生とばかりにイスラエルへ。ところが、イスラエルでは声優という仕事自体がなかった！

というわけで妻はテレフォンセックスの仕事に就いて、夫は海賊版レンタルビデオの声優に……という物語。せつなくもおかしみ漂う映画です。

小柄でキャピキャピした妻と、ドッシリとした大男の夫。このコンビネーション自体、楽しい。お茶目(ちゃめ)なウサギと、いまいち動きの鈍いクマみたいで。

そうそう、もう一本、イスラエル絡みの映画が……。来年の一月二十九日公開の**『天国にちがいない』**。これも興味深く、面白く観た。

監督（脚本・主演も）のエリア・スレイマンは、一九六〇年生まれのパレスチナ系イスラエル人だとか（中東は複雑で、私にとってはあんまり関心が持てない所）。小柄でメガネをかけた、それなりにスタイリッシュな姿は、ちょっとウディ・アレンを思わせる。

自作自演のこの映画、劇中でも監督役のＥＳ（エリア・スレイマン）氏が、ある日、ふと散歩に出る。その時から、次々と妙な騒ぎや人物に出

ちょっとばかり現実離れした、おかしな映画。

『天国にちがいない』
DVD 発売中
発売：ニューセレクト／クロックワークス
販売：アルバトロス

会う。故国を離れて、パリに行ってもニューヨークに行っても、やっぱり何となくヘンで突飛（とっぴ）な光景や騒ぎを目撃することになる……という映画。

その奇妙な体験の一つ一つが、何となくおかしいのよ。フツーじゃないのよ。シュールなおかしみ。その連鎖。

ちょっとばかり、ほんとうにちょっとばかり現実離れしたおかしなことって、案外、思いつかないものなんじゃないかと思う。夢の中では、たびたびあることだけれど。

ほとんど会話がない映画なのに、そのことを忘れてしまう。スッキリとした画面作り（真正面からの撮影が多い）なのに、堅苦しさを感じさせない。

中東から、面白い才能が出てきたものだ。頼もしい。

＊

だいぶ「コロナ慣れ」したとはいえ、やっぱり引きこもり生活は退屈。化粧をすることもなく、ラクな〝普段着〟ばかりを着ていると、なんだかグッと老け込んだ気分になってしまう。

以前通り、週一日、妹（おもに経理的な仕事をまかせている）に来てもらっているのだけれど、マスクをしての〝銀ブラ〟は、やっぱり淋（さび）しい。いまだに休業の店もあるし。これからクリスマス、お正月という心浮き立つ時期だというのに。

そろそろ年賀状の手配をしなくちゃと思うのだけれど、「あけましておめでとう」でいいのか⁉と気になったりもして。

2020年10・11月

「コロナ鬱（うつ）」という言葉もあるようだ。仕事を失ったり、親しい人と会えなかったり。人がおおぜい集まるところ（映画館や劇場やスポーツ観戦）を避けるようにしているのだから、気が滅入（めい）るのは当然でしょう。「気が滅入る」というのとは、ちょっと違う気もするのだけれど、コロナ禍の引きこもり生活の中で、どうも、過去の（あんまり嬉しくはない）記憶が、しきりと浮かんでくるようになった。

特に若い頃の、失敗や無念や軽挙妄動の数かず。

「あの時君は若かった〜」という、一九六〇年代のザ・スパイダースの大ヒット曲の一節が「あの時君はバカだった〜」となって、しきりに頭に浮かぶ。アン真理子の「悲しみは駈け足でやってくる」というヒット曲の「若いという字は苦しい字に似てるわ」の一節も。

ザ・スパイダース（堺正章、かまやつひろし、井上順ら。1966年）。

「ごめんなさい、ごめんなさい」と各方面に謝りたい気持ち。ほぼ半世紀も前の事柄だというのに。若き日の愚行に「時効」はないのかも。バカな私を、おおらかに支えてくれた人たちに感謝するほかない。

引きこもり生活を好機として、本や書類やアルバムなどで乱れまくっている仕事部屋を整理整頓しようと意気込んでいたのだが……ついつい、若き日のノートや日記を読んでしまったのが、いいような悪いような……。

引きこもりが苦しくなって、先週末は、浅草在住の友人夫婦の車にピックアップされて、夫婦所有の千葉の別荘へ。

森や林を目にするだけでもホッとする。大きな空、鳥の声、せせらぎの音、吹き渡る風が、慰めてくれる感じがする。

運転免許を持っていない私。なにぶんにも粗忽（そこつ）だから、事故を起こすのがコワイので。何もかも友人まかせ。こんなに他人（ひと）に依存していて、いいのだろうか？

（２０２０年12月20日号）

　恥ずかしながら、部屋の中ではたいていグンニャリしています。図のような配置にしてあって、長めのソファにほとんど寝そべってTVを観たり本を読んだり。そのまま居眠りすることも……。

　〆切が気になりながらも、ずうっとTV画面をみつめてしまう。ありがたいことに「凄く面白い」という程の番組はないので、やがて、画面を見ながらも頭の中は仕事モードに入っていく。何をどう書こうかな……と。目はTV画面を追いながらも、頭はだんだん、仕事モードになってゆく。そうして、ある瞬間、「決然と」TVを消し、スゴスゴと部屋の隅の机に向かうのだ……。

　いまだに原稿用紙に鉛筆書き（FAXで送る）という古くさいスタイル。出版社の人たち、よくまあ、許してくれているなあ……と感謝している。このスタイルが許されなくなったら、サッサと廃業するつもり。

　原稿を仕上げて、FAXで送ったあとは、またTV前のソファで、グンニャリ。バカ丸出しの顔で、深夜のバカ番組をみつめている。

2020年12月

炭屋なる生業ありて昭和冬

◉IPPON！◉三チャンネルの頃

十二月五日（土）の夜。ちょっとだけサラッとチェックしておこうか……と思って観始めたフジテレビの『IPPONグランプリ』。大喜利の選手権大会のようなもの。ちょっとだけのつもりが、やっぱり、二時間くらいついて観てしまう。

新人ではなく、すでに名の知れた芸人ばかりなのがいい。名が知れるようになると、マンザイ以外のことに駆り出されるようになり、それはそれで、おおいに結構なことなのだが、原点である芸を見せる機会がめったにないというふうになったり、人気だけに頼りがちになったりするのでは？　時どき、一介の芸人というところに戻って競い合うのはいいことだと思う。観ているファンにとっても妙に新鮮に感じたりもして楽しい。

結局、グランプリは、笑い飯の西田幸治ということになった。私が〝応援〟していたのは、アインシュタインの稲田直樹。妙にかわいい。笑顔にしてあげたくなる（こんな私にも母性愛というものがあるのかしら？）。

昔から東京は落語、大阪は漫才と言われてきたのだけれど、まあ、今のところ関東にはナイツ（塙宣之の妙な目つきが好き）や爆笑問題（田中裕二の安定感）がいるのが心強い。

さて。情けなかったのはアンジャッシュ渡部建ですよ。『IPPON

母性をくすぐる？　アインシュタイン稲田直樹。けっこうお気に入り。

グランプリ』の二日前に、謝罪会見があり、つい、観てしまったけれど、「あれっ？　渡部ってこんな顔だったっけ⁉」と、その面（おも）やつれぶりに目を見張ってしまった。声にも力がなく、かわいそうなくらいだった。

芸人復帰は難しいだろうなあと思わずにはいられない。スマートさ（および美人妻）で売っていただけに、イメージダウンは必至。コンビの児嶋一哉もさぞ困っていることだろう……と、ひとごとながら陰気な気分になってしまった。何か打つ手はないものか⁉

＊

わが身を振り返ってみると、子どもの頃から「お笑い」が好きだったようだ。

ものごころついた時は、まだ街頭テレビの時代だった。街角のちょっと高い所にテレビが据えられていて、おおぜいの人たちが見入っていた――という光景を、かすかにおぼえている。

それからまもなくテレビが我が家にやってきた。近所の友だちの家で遊んでいた時、母が「テレビが来たよ！」と知らせに来た。わくわく。まだ三チャンネル（NHK、現在の日本テレビ、TBS）しかなかった時代だった。

放映時間も短く、もちろんモノクロ。テストパターンとかいう静止画

銀座松坂屋でテレビを観る人々（1953年）。「街頭テレビ」もあった時代――。

像（抽象デザインの絵柄）がエンエン映されているだけの時間帯が長かった（それをジーッとみつめていた私……）。

どの局もコンテンツが乏しかったのだろう、アメリカ製の（たぶん古めの）TVドラマや映画で埋めていた。これは私にとっては幸い。洋画好きに。

そんな中で私が面白がって観ていたのは『シャープのり平劇場』だったと記憶しているのだけれど、タイトルまちがっているかもしれない。とにかく毎回、三木のり平の一人舞台のようなコメディー。わざとサイレント映画風にしてみたり、MGM映画の吠えるライオンをマネた場面をタイトルバックにしていたり。

そんなふうだったから、大村崑が三木のり平のマネをして（?）メガネをずらしたスタイルで人気者になった時は、エッ!?と驚き、「許せないわっ!」と思った。それでも観ているうちに「いい人」の感じがしてきて、怒りはおさまり、好感。

同世代のお笑い好きの中には、たぶん、『雲の上団五郎一座』の舞台中継をおぼえている人も多いのでは? 歌舞伎の『与話情浮名横櫛』の源氏店の場のパロディー。切られ与三を演じた三木のり平に私は大笑い。すっとぼけたしぐさとセリフ。すっかり尊敬してしまった。

喜劇役者　三木のり平（左。1958年）

昭和のその頃、いったいどういうわけだか、歌謡曲の世界でも春日八郎の「お富さん」というのが大ヒットしていたんですよね。「粋な黒塀／見越しの松に／仇な姿の洗い髪／死んだはずだよ／お富さん……」というの。意味わからないまま、歌っていた。「見越し」はオミコシのことかと思っていた。「仇な」の意味はよくわからなかった。「源治店」は「ゲンアダナ」と歌っていた。

『雲の上団五郎一座』（舞台版）、はたして今観ても面白いものかどうか。もひとつ確信は持てない。もちろん、東宝映画の〝社長シリーズ〟の三木のり平も好きだった。姑息な上目づかい。オドオド、キョロキョロ。そして、おなじみのセリフ「パアーッといきましょ、パアーッと」。

――と、こう書いていて、フト、疑問が。「私、なんで昭和の昔の話を喜々として書いているんだろう？　たんに懐かしさだけなのかなあ？」と。

昭和の東宝喜劇映画（社長シリーズばかりではなくハナ肇とクレージーキャッツの無責任シリーズも）は面白かった。人気もあった。大ヒットだった。けれど、令和の今は映画に笑いを求めない（ような気がする）。ＴＶのお笑い番組で満たされているかのよう（ユーチューブ界のことは私は知らない）。

映画というものは、基本的にドラマ性、物語性といったものなしには成立しにくい。ドラマを展開するのだから、当然、ある程度の長さが必要になる。シッカリした脚本が必要だし、物語の流れの中で生じるおかしみがイノチということになる。

いっぽうＴＶの「お笑い番組」の場合、ドラマ性はほとんどナシでＯＫ。短い持ち時間の中でパッと笑わせる。瞬発力がイノチみたいなもの。

私としては、喜劇映画の笑いもＴＶバラエティーの笑いも両方好きなつもりだったのだけれど……。今やもっぱら〝お笑い〟は映画ではなくＴＶで、というふうになってしまいました。ＮＨＫ

の『LIFE！　～人生に捧げるコント～』は、いささかのドラマ性を持った笑い。TVの中で新しい喜劇を切り開いているかのように感じられる。好き。

あっ、そうだ！——と、わざとらしく思い出しますが、私の新刊が（たまたまですが）二冊、発売中です。一冊は『コラムニストになりたかった』（新潮社）。もう一冊は『いいかげん、馬鹿』（毎日新聞出版）。

『コラムニストになりたかった』は、就職試験に失敗して、新聞社の使い走りのアルバイトから始まり、「いったい私、どんな仕事がしたいの？　できるの？」と、えんえんと迷い、歳だけはどんどん重ねていった二十代、三十代の頃の話です。ちょっと恥ずかしい。

書いているうちに、私自身のことより、仕事で出会った人のことを書くほうが楽しくなった。一番、強烈な印象を残したのは丹波哲郎さん。映画『大霊界』の頃。

もう一冊の『いいかげん、馬鹿』は、『サンデー毎日』連載コラムを一冊にまとめたもの。大変な一年となった二〇二〇年の記録にはなっていると思います。

（2020年12月27日号）

◉ノマドの女◉あの日あのとき◉戦車の青年

十二月八日。虎ノ門ヒルズ脇の試写室に行く。私が贔屓（ひいき）している女優の主演作。早めに出かけたので、ゆうゆうと座れた。あえて一番前のまんなかの席に。

試写室は言うまでもなくソーシャルディスタンス（入り口で検温、消毒も）。一つ置きに空席にしていた。

やがて場内が暗くなって、目の前のスクリーンに映像が流れ始めた。その瞬間、目がしらが熱くなってしまった。泣きそう。自分でもエッ!?と驚いた。

コロナ禍で、この半年以上、試写会に足を運んで観るということをせず、試写用ＤＶＤを送ってもらうという形で観てきたのだった。試写会というもの自体、少なかった。映画関連業界も、また大ダメージだろう。

それにしても、泣きそうになるなんて。「ステイホーム」もラクでいいかも、なあんて少しばかりだけど思っていたのに、自分でも気づかぬまま、鬱積していたものがあったのだろう。

さて、その試写で観たのは、二〇二一年三月に公開の『ノマドランド』。大好きな熟年女優フランシス・マクドーマンド主演というので、かなりの期待を持って観たわけですが……堂々たる傑作だった。さすが！

タイトルにも使われている「ノマド」という言葉は、遊牧民という意味。時代は現代。経済破綻をはじめ、さまざまな形で住み家を失った人たちが（居づらくなった人たちも）、最低限必要な物だけを車に積み込んで、各地の季節労働を求めて流浪し、生計を立てる。まるで遊牧民(ノマド)のように――。

マクドーマンド演じるファーンも、そこそこ中流の生活をしていたのに、リーマンショックのあおりで、家を売り、まさかの車上生活者に……。同じ車上生活者たちと知り合い、さまざまな知恵や連帯感（のようなもの）を得ていく。さらに自由の快感まで――という変種のロード・ムービー。

今まで映画の中では、あまり描かれることがなかった、「アメリカの原風景」といった感じの、荒野や町などの描写にも目を見張った。

監督のクロエ・ジャオは一九八二年に北京で生まれ育ち、イギリスのブライトンに留学、ニューヨークで映画製作を学んだという。まだギリギリ三十代なのね。注目しなくては。

*

十二月十二日、土曜の夜。NHK・Eテレの『SWITCHインタビュー 達人達』――**柄本明と鮎川誠の対談**を興味しんしんで観た。

柄本明って得難い味の俳優だなあ、と思ったのはいつ頃のことだったろう。私の記憶では、久世光彦さん演出のドラマ『花嫁人形は眠らない』('86年)に登場した時、すでに少しは知っていたのだから、八〇年代の半ばだったろう。その後の活躍は多くの人が知る通り。息子の柄本佑も柄本時生も俳優となった。

柄本明は歌舞伎座の裏手の木挽町で生まれ育った……ということは知っていたけれど、お父さんが、銀座の泰明小学校時代、怪優(?)殿山泰司の親友だった――というのは初めて知った。

泰明小って古くは北村透谷や島崎藤村などを輩出していて、芸能関係でも殿山泰司や、(私が妙に興味を惹かれた)信欣三や脚本・演出家の矢代静一が学んだ小学校なのだった。今でもあるけれど。

エッ!?と驚いたのは、若き日の柄本明が早稲田大学そばの喫茶店「モンシェリ」の二階で上演された早稲田小劇場の芝居を見て、衝撃を受けたという話。私もその時その場に一観客としていて、大興奮したんですよ！

　歌舞伎の『桜姫東文章』を取り入れた、めくるめく劇的な展開。白石加代子の怪演……。あの、狭苦しい、天井裏みたいな所にギッシリと詰めかけた観客たちの中に柄本青年もいたのか！　以後、私は歌舞伎を好んで観るように。柄本青年は俳優への道に……。TVを通じてだけれど、あの日あの時の感動を共有できたかのようで、嬉しい。

＊

『コラムニストになりたかった』という本を出版させてもらった。

　大学卒業後、アルバイト（新聞社での使い走り）をしたり出版社に二年ほど勤めたり、なし崩し的に、フリーのライターをしていたら、『サンデー毎日』からお声がかかり……以来三十五年（！）連載が続いている。ありがたいことです。振り返るには十分の歳月かなと思って、書いたものです。ベビーブーマーという厚い層に支えられて、雑誌文化が活況を呈していた――そんな時代を記録しておきたいという気持ちもあった。

　それを読んでくれた、同い年の友人（元・編集者）H氏が、読後の感想と共に、興味深い話をしてくれた（メールだが）。

　一九八九年の中国の天安門事件に触れた章の中で、私が（いや、多くの人が胸打たれたであろう）、戦車に向かって立ちふさがった一人の青年の姿について書いたくだりに関すること。

　天安門事件からしばらくして、H氏が中国人のMさん（学生として天安門事件にかかわり、日本に半ば亡命）にインタビューしたところ、Mさんは、「確かにあの学生は立派でした。でも、私は**戦車を操縦していた青年**はさらに立派だったと思っています。軍隊は抵抗する学生を戦車で轢き殺せという指令を出していたそうです。それなのに、戦車の操縦士は必死になって学生を避けていた。彼は処罰されたかもしれない。あれはなかなかできることじゃないですよ」――と言ったというのだ。

ああ、そうだったのか。そういうことだったのか……。あらためて、

天安門事件（1989年）戦車の前に一人で立ちはだかる男性。あの人は今……!?

あの時の戦車の動きが、つらい気持ちで思い出された。

命令に従わなくてはという心と、目の前で死も辞さず全身で静かな抗議をしている人間を痛めつけるなんてできないという心。あの戦車の動きはそういう心のせめぎあいをそのままに表していた。

そこに私は胸打たれたのだけれど、戦車のぬしがその後どういう処罰を受けたか、そこまでは考えられなかった。日本的常識に縛られていた。きっと、降格程度ではすまなかっただろう。

十四億もの民をまとめてゆくには、そういう無情の強権も必要、というリアリズムなのだろうが……。

戦車の前に立ちはだかった青年ばかりではなく、戦車を操縦していた青年のその後――というのが、今頃になって痛切に気になった。

（2021年1月3・10日号）

◉大変な一年◉〝殺してやりたい〟◉中村屋代々

今年は年明けそうそう、（年下だが）私にとっては恩師とも同志とも思える坪内祐三さんを失ってしまった。その告別式から帰宅して、部屋の中で転び、左手首骨折。四泊五日の入院、手術。退院してしばらくしたらコロナ禍ということに……。えんえんと（生まれて初めての）引きこもり生活……。

中国の都市で発生したとされるウイルスは、今や地球一周。地球って案外、小さいんだなあ――という感慨も残した。こんな小さな星の上で、人間同士、国同士、たたかいあっている場合じゃないよ、とも思う。

一年延期となった東京オリンピックはどうなるんだろうと、少しばかりだけれど、気がかり。全世界、コロナを乗り越えてハレバレとした祝祭的なオリンピックになれば、それはそれでいいのだけれど……。

さて、話はガラリと変わって。十二月十六日、新潟県湯沢町のかぐらスキー場で、東京からやって来た三十三歳の女の人がスノーボードで滑走して転倒、雪に埋まった状態で発見され、後に死亡が確認された――というニュースに、ひとごとならず、ギクリ。

私の場合はスノーボードではなくスキーだが、「雪に埋まった状態」というのを体験し、生々しく想像できてしまうからだ。それも、かぐらスキー場近くのスキー場で。

ゲレンデで、多くの人が滑走するところは自然と踏み固められて、平たく固くなっているのだけれど、その両脇は雪が降り積もったフワフワ状態。そこに頭から突っ込むと、簡単に脱け出せない。何しろ白一色。天地左右が、まったくわからなくなるからだ。どちらに向かって体勢を立て直したらいいのか、見当がつかなくなるのだ。これ、凄い恐怖です。

　私が埋まった時は、さいわいスキー板の一部が雪の上に突き出ていたため、あとから滑ってきたスキーヤーの目にとまり、すぐに救出してもらえたのだった。バブル崩壊（一九九一〜九三年）の、ちょっと前だったろうか。

　たしか一九八七年か八八年の頃。高校時代からの親友K子と、冬はたびたび越後湯沢にスキーをしに行っていた。二人とも凄く忙しく働いていて、その間隙を縫ってのスキーだったのだけれど、やがて湯沢町になじみの店ができるようになり、思い切って越後湯沢のマンションの一室を二人で折半してローンで買ったのだ。

　昭和天皇崩御は越後湯沢のそのマンションで知った。雑誌『文藝春秋』編集者のHさんと、崩御ということになったら原稿を書くという約束をしていて、電話番号を教えてあった。電話が鳴った瞬間、「あっ、とうとう……」と思った。窓の外は快晴。清らかな眺めだった。

　そんな思い出深い越後湯沢のマンションを手放してしまったのは、いつだったろう。六、七年前だったろうか。K子がオランダ暮らしをするようになって、ローンの返済を私が一人で引き受けるのは仕方ないにしても、いっこうにスキーが巧くならない自分に見切りをつけたくなった——というのが大きい。スキー好きの友人たちをガッカリさせてしまった。スキーばかりではなく四季の風物も楽しめるところだったのに……。キープしておけばよかった。今頃になって後悔。

＊

十二月十六日、テレビ東京。『バカリ&秋山のしんどい家に生まれました!!』という番組で、黒澤明監督の息子である黒澤久雄氏が「父を語る」といったふうのインタビューにジックリと答えていたのが、うん、やっぱり面白かった。興味深かった。

私に言わせれば……黒澤明はお気に入りの「顔」の持ち主を厳選して、何度も使う――というところ、小津安二郎監督と同様。黒澤映画では三船敏郎、小津映画では笠智衆。気に入られてしまった俳優にとっては、ただもうありがたいというばかりではなかっただろう。俳優として、いささかの屈託もあったはず。

三船敏郎は黒澤監督の無理難題に辟易して、クルマで黒澤監督の家のまわりをグルグル回り、「バカヤロー!」と叫んでいた――という話は以前に紹介した。

今回のインタビューで、黒澤久雄さんはそれと似たようなエピソードを語っていた。「酒に酔った黒澤組のスタッフからはこう言われました。『お前のオヤジはひどすぎる。殺してやりたいくらい。でも、できあがった作品を見ると、ああ、やっぱりもう一度いっしょに仕事をしたい、と思うんだよ』って――」

まったく、もうっ……。周囲に殺意まで抱かせるほどの情熱。ある種の狂気ですよね。

映画というものに狂った黒澤明も偉いが、それに応えたスターやスタッフたちも偉い。

『七人の侍』が公開されたのは一九五四年（昭和二十九年）。ということは戦後の高度経済成長のちょっと前に作られたということになる。出演者やスタッフたちはみな戦争を知っていた。戦中・戦後の窮乏も知っていた。それもまた、『七人の侍』という映画の底を国民映画的な厚いものにしたのだろう。

黒澤明監督は一九九八年（平成十年）九月六日、八十八歳で亡くなった。

＊

十二月十八日の夜。フジテレビの『中村屋ファミリー2020』も、やっぱり興味深く観た。もはや恒例のようになった「中村屋ファミリー」のドキュメント。

何しろコロナ禍で歌舞伎の世界も大ダメージ。それでも緊急事態宣言解除後の九月、中村屋（中村勘九郎・七之助）は生配信という形で、野外での『連獅子』を上演する。そこに至るまでの経緯を追ったもの。

さすが挑戦者（チャレンジャー）だった故・中村勘三郎さんの息子たち。知恵を出し合い、中村屋にゆかりの深い浅草の、浅草寺五重塔に舞台を設け、兄弟で『連獅子』を舞った。うーん、涙なしには観られなかった。

父・勘三郎さんとは、いささかの親交があった。「勘九郎ちゃん」時代からの人気者で、歌舞伎の枠にとどまらず、さまざまな演劇的チャレンジをする人だった。そんな中で知り合い、私が中村歌右衛門さんのファンと知ると、（頼んでもいないのに）勘三郎さんはサッサと歌右衛門さんに話をつけ、楽屋での面会の手はずをつけてくれた。ほんとうに人好き、芸好き。元気いっぱいの人だった。あんなにサッサと逝ってしまうなんて。いまだに納得がいかない（二〇一二年十二月五日、五十七歳で没）。

頭の中、半分、勘三郎さんになって、勘九郎・七之助の『連獅子』の勇姿を観た。

（2021年1月17日号）

◉ありがとう、「嵐」◉無観客『紅白』◉ミシマとフカザワ

年末年始もステイホーム。ただでもTV視聴時間が長いのに、大みそかはNHKの『紅白歌合戦』まで、ほぼ半日以上、ソファにぐったりと座り（というより寝そべって？）TVをジーッとみつめていた――という体たらく。

ほんと、嵐の活動休止は大きかった。

ジャニーズ事務所は一九六二年に設立されたので、もはや半世紀以上の歴史になるわけだが、嵐は最も成功したグループなのでは？　ほとんど奇跡のように。

言いたかないが……最初のジャニーズというのが戦後ベビーブーマー、私と同世代だったんですよね（飯野おさみ、真家ひろみ、中谷良、あおい輝彦）。

代々木のワシントンハイツに住んでいたジャニー喜多川氏が近くの少年たちを集め、野球チームを結成。少年たちと共に観た映画『ウエスト

解散ライブが行われる東京ドーム前で記念撮影するファン（2020年12月31日）。

サイドストーリー』に感動。歌って踊れるグループに仕立てあげたという。

確かに『ウエストサイドストーリー』は衝撃的だった。私も日比谷の映画館で観て、すっかりカブレて、級友と学校の階段の上と下で「マリーア、マリーア」「トニー、トニー」と、思い入れたっぷりに叫び合ったりしていた。レコードも買った。クラスメートの中には十回（だったかな、とにかく何回も）観たという子もいた。

そんなジャニーズ事務所の歴史の中でも、嵐は突出したグループになった。デビューしたのは一九九九年という。

私が初めて嵐を知ったのは、同じジャニーズ事務所の先輩にあたるＴＯＫＩＯのＴＶ番組『ザ！鉄腕！ＤＡＳＨ!!』（日本テレビ）に、チラッと登場した時。その頃には私も、もう、ジャニーズ系はただのアイドルではない、見た目ばかりではなく、芸能エリートの集団だという認識を抱くようになっていた。

ＴＶが伝えた嵐のラストコンサートの様子を観て、「嵐」の五人をはじめ、さまざまな裏方たちの創意工夫の凄さ、プロ意識の高さにも圧倒され、頭がさがった。歌舞伎スピリット！

嵐のメンバーは、すでに三十代後半になっている（大野智は四十歳）。アイドルとしては年がいっているということになるが、一般社会では働き盛りということになるだろう。これからも楽しみ。

＊

さて。嵐のドキュメントのあとは、ＮＨＫの『紅白歌合戦』。コロナ禍対策で、会場は無観客ということに。

総合司会は内村光良（ウッチャン）。たんたんとソツなく、こなしていた。以前だったら紅組・白組の応援合戦という演出があったのだけれど、今回は思いっきり省略。

もともと、あんまり面白いとは言い難いものだったので、省略されてスッキリ。「歌合戦」というタイトルには、ちょっとそぐわないかもしれないが。

さすがに演歌臭はだいぶ薄まった。いつの頃からか人気のある歌番組というのもなくなって、私はハヤリの歌に疎くなっている。紅組のmilletとFoorinを知らなかった。『NTV紅白歌のベストテン』（日本テレビ）、『夜のヒットスタジオ』（フジテレビ）などがあった昭和が懐かしい。その頃は街にもハヤリの歌が流れていた。よくも悪くもだが。

なかにし礼さん。「歌謡曲」の時代――。

十二月二十三日。作詩家であり作家でもあった、なかにし礼さんが亡くなった。八十二歳。

シンガー・ソングライターも結構だが、概して今どきの歌は、曲は進化しているけれど歌詞はつまらない。日記か何かにつづった文章のごとく、ストレートというか、そのまんまというか。表現に「芸」がないのだ。「描写」がないのだ。

桑田佳祐だって松任谷由実だって、言葉の芸もあるからこそ、多くの人びとの心をとらえることができたし、時代を超えて歌い継がれてゆくのだと思う。

2020年12月

＊

暮れに『VR的完全版 平凡パンチの三島由紀夫』（河出書房新社）という、ズシリと重い、ぶ厚い本（厚さ4センチ）が送られてきた。

著者の椎根和さんは元マガジンハウスの編集者。私より四歳上。一九八八年創刊の雑誌『Ｈａｎａｋｏ』の初代編集長。たいした実績もない私を、巻末コラムのライターとして指名してくれた。恩人の一人。

椎根さんは、『平凡パンチ』『ａｎ・ａｎ』『Ｏｌｉｖｅ』『Ｈａｎａｋｏ』『ｒｅｌａｘ』などを手がけ、一九九七年に退社。

三島由紀夫に信頼されていたということは知っていたけれど、今回の『平凡パンチの三島由紀夫』を読み始め、すぐに「エーッ!? そんなに深い親交があったんだあ」と驚いた。

と、書いている今、実は全体の四分の一しか読み進めていない。ディテールの描写が生き生きと、詳細なので、流し読みがしづらいからだ。椎根さんならではの観察眼というか、目の付けどころが面白い（例えば、三島のハンバーグライスの食べかたについてのくだり）。

三島由紀夫は二・二六事件三部作（『憂国』、戯曲『十日の菊』、『英霊の聲』）を発表して、メディアから右翼というレ

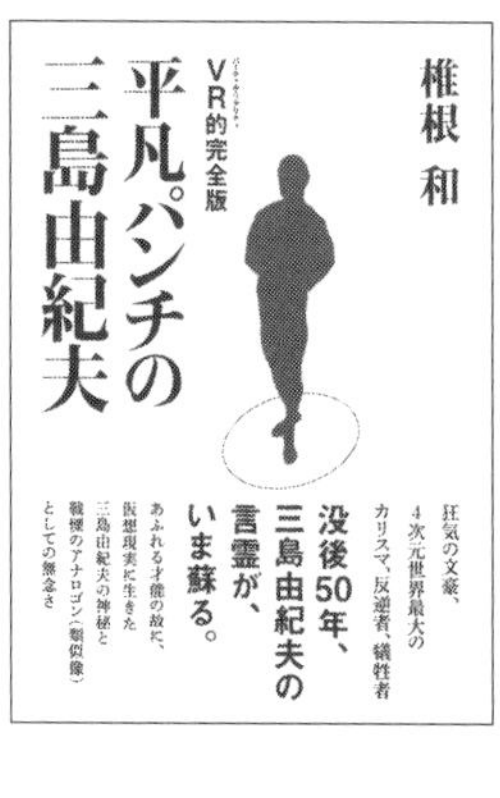

『VR的完全版　平凡パンチの三島由紀夫』（河出書房新社）

ッテルをはられた。それなのに、同時期に深沢七郎の小説『風流夢譚（ふうりゅうむたん）』を推奨し、右翼の脅迫を受けた。著者はそこが「三島の人生のおかしなところ」と表現している。

『風流夢譚』はタイトル通り夢の中の話とはいえ、皇室を題材にしたきわどい描写があり、右翼が怒ったのも無理はないだろう（版元の社長の自宅に右翼少年が乗り込み、家政婦らを殺傷した、いわゆる嶋中事件に発展）。それでも三島には、皇室批判的なイデオロギッシュなものではないということがすぐに理解できたからこそ、『風流夢譚』を高く評価したのだろう。さすが三島由紀夫！

『風流夢譚』は懐かしい。嶋中事件に震えあがった深沢七郎は身をかくしての逃亡生活に……。そんな大騒動になったせいか、『風流夢譚』が本屋の店頭に並ぶことはない――ということになってしまった。

私が大学に入った頃は、そんな状態だった。文学好きの男子たちが、『風流夢譚』の海賊版を作製。結構、スッキリとした仕上がり。買って、読んで、ビックリ。夢の中の話という設定であっても、いやはやなんとも。

グロテスクには違いないのだけれど、何か突き抜けたようなおかしみもたっぷり。ツジツマが合わない、夢というものの感触も面白い味になっていた。

――なあんて、ついつい、話がそれてしまったが、要するに私は（著者の椎根さんも）三島由紀夫という人物は、まったくもって一筋縄ではいかない人物――と言いたかったわけです。

ズシリと重い『VR的完全版 平凡パンチの三島由紀夫』。ジックリ読まないと。

（２０２１年１月24日号）

2020年12月

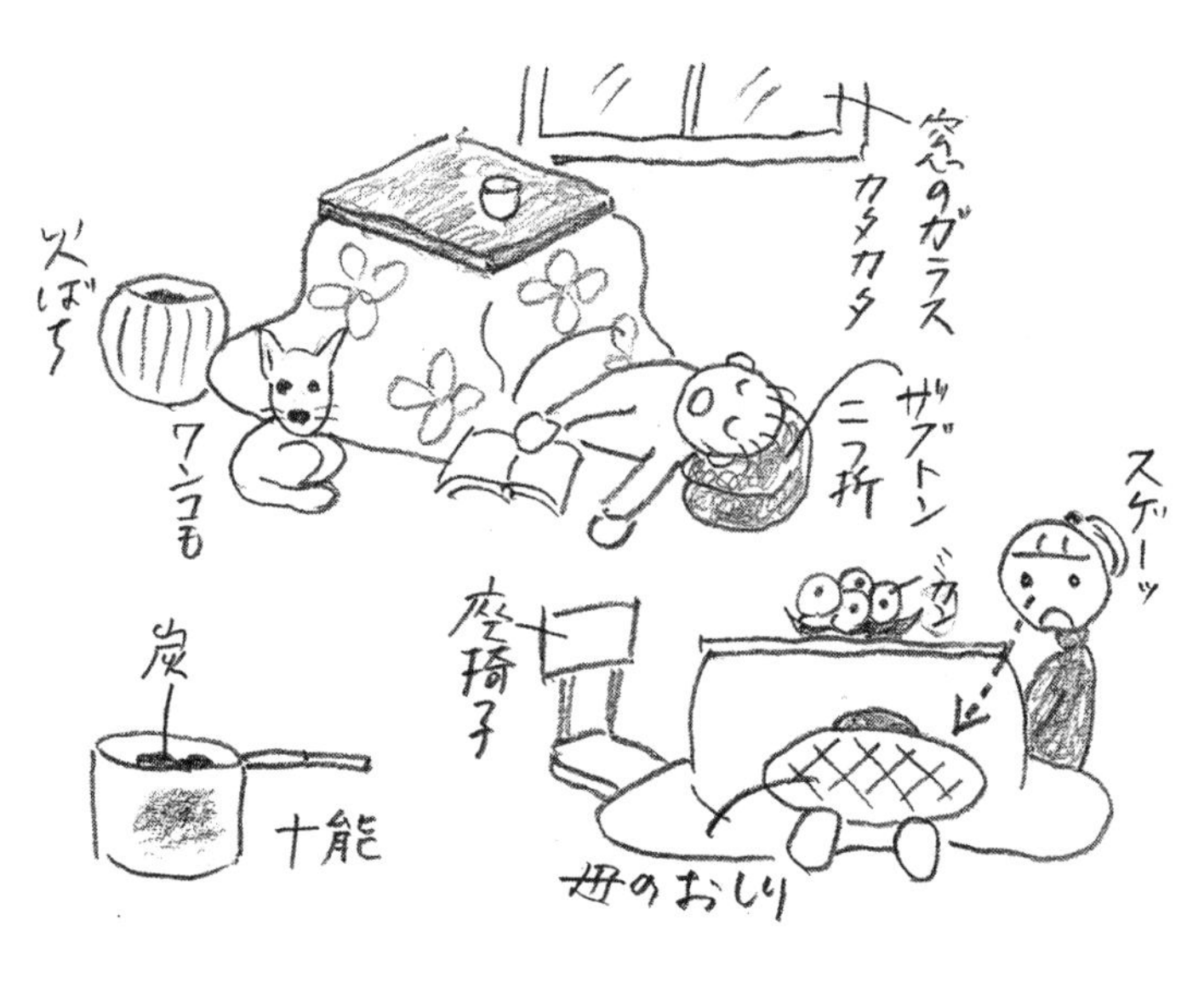

私の子ども時代——昭和の冬は寒かった。暖房は火鉢とコタツくらいのもの。火鉢では手を暖めたり、おモチを焼いたり。おじいさんが火鉢を引き寄せて棋譜を読んでいる姿を思い出す。

　コタツは古くて小さなものと、タタミをくりぬいた大きめのコタツがあった。コタツ板を置いて、そこで夕飯を食べたり、ＴＶを見たり。

　母はその一辺に横長の毛糸あみ機（？）を取りつけて、セーターなどを編んだりしていた。スチール製で部品をスライドする形で毛糸を編んでゆく。ガーガーと音がするので、ＴＶを見ている私にとっては、うるさくて、ウンザリだったが。

　コタツの暖かさって、何だか眠気を誘うんですよね。いつのまにかバッタリと倒れ、ヨダレを垂らし、眠りこけてしまう。タタミの部屋ならでは。

　コタツに炭をくべる時、ヤセ形の母のお尻が大きく丸くなるのが、おかしかった……。

2021年1月

鉛筆を尖(とが)らせ並べ初仕事

◉コロナ禍の中で◉ヒメラキました◉懐かしの炭屋さん

うーん……どう受けとめたらいいのか？　コロナ禍のもと、一月八日に「緊急事態宣言」が出た。と思ったら、十日から**大相撲初場所**が始まった（両国国技館）。

コロナウイルスに感染した白鵬、腰椎を痛めた鶴竜――両横綱を欠き、なおかつ、コロナ対策としてマス席は人数制限。声援は禁じられ、拍手のみ。その他もろもろの厳戒態勢。

そんな中でも、力士たちは土俵にあがれば、コロナなぞ忘れたかのようにガップリと「濃厚接触」。TV観戦の私としては、ありがたいような心配のような。胸中、複雑。

TVで観る限り、画面に映り込むマス席には空席ナシ。私がいつもチェックしている常連客の爺さん、それから初老の女性コンビの姿は見られなかったが、若いに似合わず、スッと背筋を伸ばして正座（脚、シビレないんだろうか!?）している、ワンピース姿の女性客に注目。前にも見たことがあるような……。勝敗に一喜一憂することなく、微動だにせず、ジーッと観ている。感心してしまう……。

初場所の国技館――どうしたって、お相撲大好きだった坪内祐三さんを思わずにはいられない。告別式は亡くなってから十日後の一月二十三日で、その日は偶然にも（いや、皮肉にも）坪内さんや泉麻人さんと国技館で相撲見物をする予定の日だったのだ……。

入場者数が制限された大相撲初場所。

私は、告別式から帰って、ボーッとした頭で、国技館に向かうべく着替えをしようとして転び、左手首骨折（その後、入院、手術）……。マス席（四人）は、結局、坪内さんと私の二人が脱落——。あれからキッカリ、一年が経ったのか。ろくでもない一年だった……。

私の左手首は、九割がた治った。どういうわけかコブシを握ると、まだ少しばかり指に痛みが走るのだけれど。「ツボちゃん」は、コロナを知らないまま逝ったんだなあ、と思う。

＊

一月九日、夜十一時。TVをザッピングしていて、NHK・Eテレの『ETV特集　選　親のとなりが自分の居場所——小堀先生と親子の日々』というドキュメンタリーに手が止まった。

途中から観たのだったが、老いた親を介護する中年の息子の様子を追ったもので、私も父と母を少しばかりだが介護した経験があり、さまざまなことを考えさせられた記憶があるので。

そのドキュメンタリーの舞台となったのは、埼玉県新座の病院。看護師たちの仕事ぶりもさることながら、担当の老医師の人柄が何とも言えず、いい感じなので、「ああ、こういう医師（せんせい）もいるのね。私もこういう医師に巡り合いたいもんだ」——と、何か明るい希望が湧いてきて、ジーッと観ているうちに、その医師の苗字が小堀と知って、「エッ!?　もしかして小堀杏奴（あんぬ）の息子さん!?」と思ったら、案のじょう、そうだった！　我ながら、近頃まれに見るヒラメキだった！　杏奴の父は森鷗外で軍医だったんだものね。

小堀杏奴は森茉莉（まり）の妹。フランス帰りの画家・小堀四郎と結婚して、一九三八年に鷗一郎を出産したのだった。というわけで、小堀医師は鷗外の孫。

私は森茉莉さんのファンだった。耽美小説も好きだったけれど、それより「こわいもの知らず」的に奔放で、しかも下品におちいらず、大いに笑わせてくれるエッセーが好きだった。茉莉さんの最晩年、ある女性誌のライターとしてインタビューさせてもらった。

その一日のことは、いまだに忘れない。秋だった。世田谷の小ぶりのマンション。黄色のバラの花束を持参。最初はキッチンのある部屋だったのだが、「寒いから」と言われて奥の寝室にて。凄いイキオイでしゃべり合った。

ガラス窓に貼られ、日灼けした長嶋茂雄の大判ポスター（のようなもの）。乱雑に積まれた鷗外全集。いつしかベッドにもぐり込んでいた茉莉さん……。

当時、茉莉さんは大川橋蔵主演のTVドラマ『銭形平次』のファンだった。その放映時間（再放送版だったろうか）が迫ってきたので、「銭形平次、始まりますよね」と言って、インタビューを切りあげた。私にとっては貴重な思い出――。自慢たらしく、今まで三回くらい書いている。いちおう角度を少しずつ変えつつも――。

＊

オランダ在住の友人・K子とメールで俳句を送り合うようになって、五、六年になるだろうか。毎週末、互いに七句を送り合い、気に入った三句を選び合う。

K子は日本にいた頃、俳句に目ざめ、何とかという結社に所属して、けっこう頭角をあらわしていたようだった。私は俳句の才能に乏しいという自覚があるので、K子を宗匠と思って、メール俳句につきあうことにしたのだった。

当然のごとく、毎回毎回、K子から厳しい評を頂戴している。べつだん腹が立つということもない。

「私、俳句にイノチ懸けてないもん。軽い遊びのつもりだもん。おつきあいみたいなものだもん」

……と思っているので。

毎週末が締め切りで、七句を作らなければいけないのだが、その締め切りを忘れがち。ハッと気づいて、すごいイキオイで七句、ひねり出す。我ながらスゴイと思う。三十分くらいで七句……。それ以上の時間、俳句のことを考えるのが面倒くさい……。

四季を感じさせる自然物に乏しいせいか、それともコロナ禍の引きこもり生活のせいか、近頃、やたらと子ども時代――昭和の思い出を俳句ネタにすることが多い。

そんな中で、フト思い出したのは、炭屋さん。子どもの頃、冬になると、炭火のコタツやヒバチで暖を取っていた。わりあい大きめの掘りコタツというのがあって、母がコタツに頭を突っ込んで炭をつぐ時、ヤセ型なのに突き出されたお尻がやけに大きく見えたりして、おかしかった。

小学校の教室にも煙突のついたストーブがあって、ストーブ当番というのがあった。用務員のオジサンにコークスをバケツに入れてもらうのだった。休み時間にストーブのまわりに集まって、フザケているうちに煙突に手が触れて、ヤケドしたこと

懐かしの炭屋さん（東京・新橋。1953年）。昭和の冬は寒かった。

もあった。

炭屋さんばかりではなく、煙突掃除のオジサンというのもいた。黒くて長いコード（？）のようなものをグルグルに巻いて肩に掛け、自転車に乗ってやって来た。その頃はまだ、お風呂もマキを燃やしてわかしていたので、煙突が必要だったのだ。

炭屋さんが商売替えしたり、煙突掃除のオジサンが姿を消すようになったのは、いつ頃のことだったろう。

昭和の冬は寒かった。アカギレ、シモヤケの子も珍しくはなかった。真冬は毛糸のマフラーと手袋が欠かせなかった。手袋をサカサに読んで「ロクブテ＝六ぶて」と言い合って六回ぶつという、しようもない遊びもあったりして。自然とゆるく折り合って暮らしていた、はるかなる昭和――。


（２０２１年１月31日号）

◉祈る人たち◉女を立てる男◉愉快なセンセイ

一月十五日の夜。ＮＨＫ・ＢＳプレミアムの『新日本風土記――神さま仏さま　東京２０２０－２０２１』と題した、一時間のドキュメンタリー番組を、しみじみと面白く観た。

年末年始。明治神宮、神田明神、浅草寺など都内の有名寺社へ祈願に訪れる人たちと、迎え入れる人たち（僧侶や露店主）の様子を追ったもの。

よく知られた寺社ばかりではなく、いくさの神様というのでアスリートたちに人気の香取神社とか、クジ運を期待しての皆中稲荷神社とか。私は初めて知った。

香取神社に参拝するスケートボード・堀米雄斗選手。

わが家は信仰心が薄く、お寺や神社に祈願する習慣がほとんどなかったので、寺社を訪ねて祈る時の手順がいまだに身についていない。我ながら「ぎこちないなあ」と思う。これ、ちょっとコンプレックス。

賽銭を投じ、祈りを捧げる人たちの多くは、明るくサッパリとした面持ちで引きあげてゆく。つかのまの夢や期待であっても、いいんじゃないですか、それで。気持ちのリフレッシュ!?

日本橋だの神田だの、高層ビルが林立する中にも小さな神社が残っていて、会社員らしき人が一人で祈っていたり、超モダンな高層ビルの屋上に社があったり。

人間って、祈らずにはいられないものなんだなあ、心のうちで祈るだけでなく、それ専用の「場」とか「演出」とか「形」とかが欲しいものなんだなあ……と、あらためて思う。

さて。そのドキュメンタリー番組では、キリスト教（プロテスタント系）の救世軍の「社会鍋」の様子も紹介されていた。

懐かしい。だいぶ前、十年以上前だろう、銀座四丁目の交差点近くで、年末ともなると救世軍の「社会鍋」が見られたものだったのだけれど、いつのまにか姿を消した。と思っていたら、アラッ、今でも〝健在〟だったのね……。「社会鍋」は俳句の季語にもなっているんですよね。

ちょっと調べてみたら、「社会鍋」のルーツは米サンフランシスコで、「一八九三年恐慌」の翌年に始まったものだという。英国ではヴィクトリア女王の時代（大英帝国、絶頂期）にあたる。

＊

さて、その三日後の一月十八日。『文藝春秋』二月号を開いたら、塩野七生（ななみ）さんの連載エッセーの中で、ヴィクトリア女王の夫君となった「ドイツの美青年」アルバート公の愛すべきエピソードが紹介されていた。アルバート公についてこんなふうに書いている。

「そんじょそこらにいる『主夫』とはまったくちがった。あの時代に早くも、奴隷制廃止、貧民救済策、次の世代をリードすることになる技術革新を唱え、そのいくつかは実現している……」と。

カッコいいじゃないですか！　女を立てる男。実力も自信もある男は、やたらと威張ったりはしないのだ。

そのアルバート公は四十代に入ってすぐに亡くなってしまったという。美男薄命（中年期は髪が薄く、肥満ぎみになっていたらしいが）。以来、ヴィクトリア女王は、黒の喪服ファッションで通すようになる……。

ヴィクトリア女王は一九〇一年、八十一歳で亡くなった。在位六十三年。現在のエリザベス女王は在位六十八年更新中。四月には九十五歳に。グレート！

＊

話、ガラリと変わりますが、東海林さだおさんの新刊『**マスクは踊る**』（文藝春秋）が、やっぱ

『マスクは踊る』（文藝春秋）。
認知症の話も……。

り楽しい。おかしい。コロナ鬱を吹き飛ばしてくれる。

雑誌『オール讀物』の連載エッセーと『週刊文春』の連載マンガを、うまく組み合わせたもの。連載の中で、すでに見たり読んだりしていても、やっぱり笑わされてしまう。

東海林さんのマンガの魅力の一つは、絵が巧いこと。と言っても「技巧的」というのではなく、登場人物たちが、いかにも「いる、いる、こういう人、いるよね！」と思わせる。美男美女は一定パターンの描き方だが、そうでない人たちの描き方がスバラシイ。味わい深いんですよね。

今回の『マスクは踊る』では、二つの対談も収録されている。一つは長谷川和夫氏（聖マリアンナ医科大名誉教授）との認知症をテーマにしたもの。もう一つは田原総一朗さんと老いのセックスをテーマにしたもの。

私が「ひとごとではない！」とくいついて読んだのは「認知症」のほう。ほんと、近頃、物忘れが激しく、物覚えが悪くなっているので……。

冒頭、いきなり笑った。東海林さんが、「最近、物忘れがだんだん激しくなってきていて、認知症になるのではないかと不安」というふうに切り出すと、長谷川先生はアッサリと「それ、僕と全く同じ症状です」と言う。

東海林さんが「僕、危ないですかね」と言うと、先生は「僕だって危ないですよ、もう八十一ですから」と答える。

東海林さんは驚いて「先生はたしか、九十歳でいらっしゃいますよ」と言うと、先生は「九十！　そんななった？　あらー」だって。愉快なセンセイ！

なんでも、長谷川先生は認知症の権威で「長谷川式簡易知能評価スケール」という、認知機能検査を開発した人なのだという。

東海林さんは認知症予防のために、高校時代に使っていた『赤尾の豆単』（英語基本単語集）を覚え直したり漢詩の暗記をしていると言うと、先生は「だけど、忘れるということも大切ですよ。脳のキャパシティには限界がある。忘れなければパンクしてしまいます」という、お言葉。

先生に言わせれば、そういう努力よりも、「やっぱり人に会うことだね」。

うーん……そうか、そうだよね。実際、私、コロナ禍での「ステイホーム」をマジメに守っていて、鏡を見て、「私、何だか老け込んできたみたい……」と思ったもの。

先生によれば、ファッションも大切。「僕は、今日はこういう格好をしているけれども（ブルーのシャツ）、最初はもっと派手な、赤い色の服を着てこようとしていたんですよ。そうしたら家内が『あなた、そんなの着ていかない方がいいわよ。九十にもなって目立ちすぎじゃないの』と」

奥様の気持ちはわかるけれど、でも、老人（特に男）が赤い服を着るのは結構なことだ、と私は思っている。老人は髪が白かったり、薄くなったり全然なかったりしているので、黒髪の時より赤のインパクトは薄らいで見えるし、赤という色が持つ活気によって、見た目も心も若々しくなると思う。赤の分量しだいだけれど。セーターの下のネルシャツが赤で襟元にチラリと見える——というふうなところから、スタートしてみたら？……なあんて余計なお世話。

先生に言わせれば、「認知症になるということは、神様からの『大丈夫だよ、死ぬのはなんともないよ。だから安心して生きなさい。怖がることはありません』というメッセージ」だという。

（2021年2月7日号）

◉気になる四股名◉がんばれ、表情筋◉いまどき感◉どうなる東京五輪

大相撲初場所（両国）は、十五日間、何とか無事に終わった。感染者の多いコロナ禍の東京。客席はソーシャルディスタンス、さらに両横綱を欠く淋しい場所ではあったものの。

ほぼ全裸で、「飛沫」を飛ばし合っての「濃厚接触」。それでも力士たちは土俵に立てば、そんなことを忘れたかのように全力を尽くす。どうか次の春場所（今年は東京）では、コロナがおさまっていてほしいと願うばかり。

そんな苦境の中で書くのも、はばかられますが……かねがね気になっていることがある。それは**力士たちの四股名――**。

やたら画数が多く派手な漢字を重ねた四股名が多くなっていませんか？　徳勝龍とか琴勝峰とか豊昇龍とか……。一瞬、中国人の名前か？と思う。

それぞれ、いろいろな思いやいわれがあってのネーミングなのだろうと察しはするのだけれど、パッと見た時、暑苦しく感じる。ファッションでいうと、柄物に柄物を重ねた感じで、抜けるところがない。そのコテコテ感、日本の（いや、江戸の？）美意識からしたら、「粋」ではないのでは？

画数は多くても、私がナイスなネーミングだと思うのは、翔猿。風貌にも取り口にも似合ってい

ナイスなネーミング「翔猿」。

る。飛猿だったら、もっといい。

鵬というハデで画数が多い字を使っても、白鵬という四股名はいいなあと思う。白という画数の少ない字が鵬という字を引き立てているのだ。

服のコーディネートと同じですね。ハデな柄物にハデな柄物をコーディネートするのは難易度が高い。上下どちらかを無地（あるいは、それに近い柄のもの）にしたほうが無難。ネーミングも同様なのだと思う。

以前、ハワイ出身の力士で、四股名が砂浜という人がいた。「エッ、何てオシャレなネーミング！」と思った。「白砂青松（はくしゃせいしょう）」という言葉、そしてそんな風景がパッと浮かんだからだ。

＊

数日前のこと。鏡を見て、「おやーっ」と思った。何だか、めっきり老け込んで見えたので。もともと細長い顔だが、それが、さらにダラーッと垂れさがってきた感じ。顔が伸びたあ!?

「エッ!? こんなはずでは……」と焦りまくる。いったい、なぜ!?

年相応の老け込み。地球の引力には、かなわないものだ……と思いつつも、ひとつ心当たりあり。コロナ禍の「ステイホーム」で、外出を控え、人に会わないようにして過ごしてきた。仕事関係の人とも友人とも、じかには会わず、ファクスやスマホや電話でコミュニケーションを取ってきた。

じかに会ってオシャベリするのは、週一度、事務的な仕事のためにやって来る妹くらい。親しい人と会って、えんえんとバカ話をして笑い合うことが、この一年弱、めっきりと減ったのだ。

化粧もめったにしていない。当然、顔の表情筋（？）は活躍とぼしく、ゆるんでしまっているはず。ダラケているはず。

そうだ、そうだ、そういうことだ！　一人暮らしだと、こういうことにもなるわけだ！　あわてて、自己流だが、作り笑顔を繰り返して表情筋を刺激することに……。「がんばってよねー、私の表情筋！」と祈るような気持ち。

＊

二階堂ふみは、十年ほど前の映画『ヒミズ』で観て以来、私は好感を寄せているのだが……もっかTVで流されている彼女出演のCMにはガッカリさせられる。

あるCMでは「ムズイ」と言わされ、（記憶違いだったら申し訳ないが）またあるCMでは「違くない？」と言わされているからだ。

「いまどき感」を出したいがために、CM制作者はそういう言葉を選択するのだろうが、安っぽくハヤリに乗っている軽い子に見えてしまう。そんな言葉を使わせなくても、彼女の若々しさやトレンディーな感じは伝わるはずなのに……。CMの中で勝手に日本語を破壊（しかも幼稚に）するな！――とイラだってしまうのだ。

恥ずかしながら、私も十代、二十代の頃は同世代の友人同士、日本語を破壊して、イイ気になっていた。バカな大人たちから自分を守るために。若さ以外に誇るべきものは何もない、その心細さをごまかすために。たぶん、タイムスリップして、今の若者になったとしても、同じことをするだろう。

国語学者は言うだろう。「言葉は生きもの、時代の変化につれて変わるものなんです」と。私は、フン！と思う。そんなこと身にしみてわかっている。たかだか二百年前の日本語だってスラスラとは読めないいんだもの。

今どきの話し言葉とはいえ、やっぱり出来のいいのと悪いのと、両方ありますよね。「キモイ」はＯＫだけれど、「ムズイ」は恥ずかしい……というような。

ブロークンな若者言葉に関して、おおむね「面白いなあ、楽しいなあ、実は私だって使いたい。でも、もはや若作りにしか思われないようだから、遠慮しておこう」と、キモに銘じています。はい。

＊

いっこうに新型コロナウイルス収束のメドが立たない中で、東京五輪はどうなるのか、どうするのか？　今朝（一月二十四日）の新聞報道によると、大会組織委員会では、緊急事態宣言が続く場合、聖火リレーの「規模縮小」の検討を始めたという。

また、さらに大会延期ということにはしたくないのね。縮小という形であっても決行したいのね。

1964年東京五輪　快晴の開会式。秋空にクッキリ描かれた五輪のマーク。

その気持ちはわからなくもないけれど、海外からの選手や観客たちに対して、どこまでケアできるのか、コントロールできるのか、責任を持てるのか？

ツバを飛ばすような声援は禁じられることになるだろう。日本人は律義に守れたとしても、他の国の人たちにとっては、抑え難いことなのでは？　苦行を強いられるようなものでは？

東京オリンピックに関連した企業や業者たちにとっての経済的ダメージは、はかり知れないものだとは思うけれど……私としては、完全にコロナ収束後（いつのことやら）まで、さらに延期——というほうが無難だと思ってしまう。

コロナvs.人類のたたかいを何とかクリアして、ハレバレとした気分の中でのオリンピックになってほしいと思ってしまう。今さら、無理か……。

前回、昭和の東京オリンピックは幸運だった。ツイていた。前夜は雨だったのに、開会式はみごとな秋晴れ。楽しい記憶がいろいろ。

なあんて思い出にひたっている場合じゃないか。開催に向けてコンディションを整えている選手たちは、うーん、やっぱり延期は望まないんだろうな。

（2021年2月14日号）

TVドラマはめったに見ない。ニュースと（通称）バラエティ番組ばかり見ている。

バラエティ番組と称してはいるけれど、私生活暴露ネタが多いよね。そのことにゲンナリしつつも、ついつい笑って、「まっ、いいか」と思ってしまう。

近頃、私が注目しているのがイラストの二人。両方、鈴木という苗字で、暑苦しい顔だちで、まぎらわしいのだけど。笑える。笑芸人もオシャレにスマートになってきた中、貴重な存在!?

今や『女芸人No.1決定戦　THE　W』というコンテストもあり、昔は、女の「お笑い」といったら、「美人、ブス」「モテる、モテない」「嫁に行ける、行けない」という話で笑いを取るのが主流で、私は全然、笑えなかったものだけれど、今はだいぶ違う。

キチンと調べたりはしていないのだけれど、八〇年代、野沢直子と清水ミチコの登場が、流れを変えてくれたように思う。

2021年2月

毛糸帽まぶかに風の橋わたる

◉コロナ後の社会◉歌謡曲の時代◉歴史探偵、死す

二月一日。「武漢を訪れているWHO（世界保健機関）が海鮮市場を視察」というニュースあり。「ヤレヤレ、ようやっと……」と思う。

武漢入り後、隔離措置を経て、すぐに感染拡大初期の感染者が入院した病院や、世界で初めて集団感染が確認された海鮮市場を訪ねたという。三日には武漢ウイルス研究所を訪問したことが報じられた。

WHOのトップは、私が失礼もかえりみず「悪相」と書いたテドロス・アダノム・ゲブレイェスス氏（エチオピア出身）だが……調査団の方がた、どうか厳密公正な調査をしてほしい。もはや地球規模、人類規模の命運がかかっているのだから。お願いしますよ、ひとつ。

新型コロナウイルスは冬に拡大しやすくなるという性質上、もっかのところ感染者が多いわけだが、それでもさまざまな対策が効いているのか、ここ数日、国内の感染者数は少しばかりさがりつつある。

「峠は越えた」と思いたいところだけれど、「第四波もある」とか「変異株が広がっている」という識者もいて、安心はできない。

若い子たち、よく耐えているなあ、と思わずにはいられない。エネルギーがあり余っている年頃なのに、外出は控え、友だちと遊び騒ぐことも禁じられているような状況……。かわいそう。

なあんて、つい、思ってしまうのだけれど、今はユーチューブをはじめ、コミュニケーションの

ためのツールがいろいろあるから、ナマで会わずにいても辛くはないのかもしれない。

語弊のある言い方になるけれど、コロナ禍は、期せずしてさまざまな「実験」の機会になったかのような気もしてならない。

例えば「リモートワーク」ということ。会社に定時に通勤することなく、各自、自宅でパソコンなどを使って、どれだけ業務を遂行することができるか……という「実験」にもなっているのでは？　コロナ後は、毎日、定時に「出勤」しなくてもOKというふうになるのかもしれない。

関東大震災や第二次世界大戦という大きなできごとの後には、必ず生活様式が凄いイキオイで変わったといわれる。大きなできごとが一種の実験の機会になって、急速に実用化され、一般に広まっていった……という歴史を思えば、コロナ前とコロナ後では、世界はだいぶ違ったものになるような気がしてならない。

国境を越えての、人類vs.ウイルスのたたかい。懐かしの笹川良一氏（悪評もあった人でしたが）のCM――「**世界は一家、人類は皆兄弟**」の方向に変わっていってほしいものです。

＊

話、ガラッと変わりますが……一月三十日、BS朝日の『昭和偉人伝』の、ちあきなおみ映像に感涙。CD、ちゃんと持って聴いているというのに……。映像付きだと、やっぱり、ありがたみが違う。

懐かしく胸に迫る歌の数かず。クールでありながら情感豊かな、その歌声。あらためて、同世代

ちあきなおみ（1974年）。その、いさぎよすぎるリタイア……。

の偉大な歌手だったなあと思いました。

親の世代の流行歌で、私の大好きな「星影の小径」「港が見える丘」「上海帰りのリル」などをはじめ、「黒い花びら」「遠くへ行きたい」「夜間飛行」「円舞曲」「喝采」など次々と。

一九九二年、四十代半ばにして、夫（俳優・郷鍈治）の死をキッカケに突然の引退。以後、メディアに姿を見せることは、いっさいない。

軽快な歌も小粋な歌もドラマティックな歌も、みごとにこなす歌手だった。

風変わりでありながら美人にも見える不思議な顔立ち。ストイックのようだったり、小粋だったり、ユーモラスだったり……どんな歌でも自分のものにしていた。

『昭和偉人伝』を観ながら、やっぱり思ったことは「歌謡曲の時代」というのがあったということ。プロの作曲家がいて、プロの作詞家がいて、プロの歌手がいて、ひとつの物語風景を作りあげていたんですよね。〝描写〟があったんですよね。

聴く者は歌の中の主人公――例えば、失恋して一人旅に出た女とか、都会暮らしに疲れて郷里を懐かしく思う男とか……そういう情景の描写の芸がちゃんとあったんですよね、たぶん。桑田佳祐や松任谷由実の頃までは――って、だいぶ前になるけれど。

今は描写がなく、メッセージ的な、あるいは内心吐露的な歌詞ばかりじゃないの!? ベタすぎないか？と思ってしまう。

私はそのことを淋しく物足りなく思うけれど、うーん……考えてみれば、一九八〇年代以降だろうか、都会と田舎の区別はあまりなくなり、どこに行っても似たような風景になっているのだから仕方ないことなのかもしれない。

そうそう。

確か同じ日の、別の番組の中で「ぴんから兄弟」という言葉が出てきて、私は「いた、いた、好きだった！」と、ちょっと興奮したのだった。

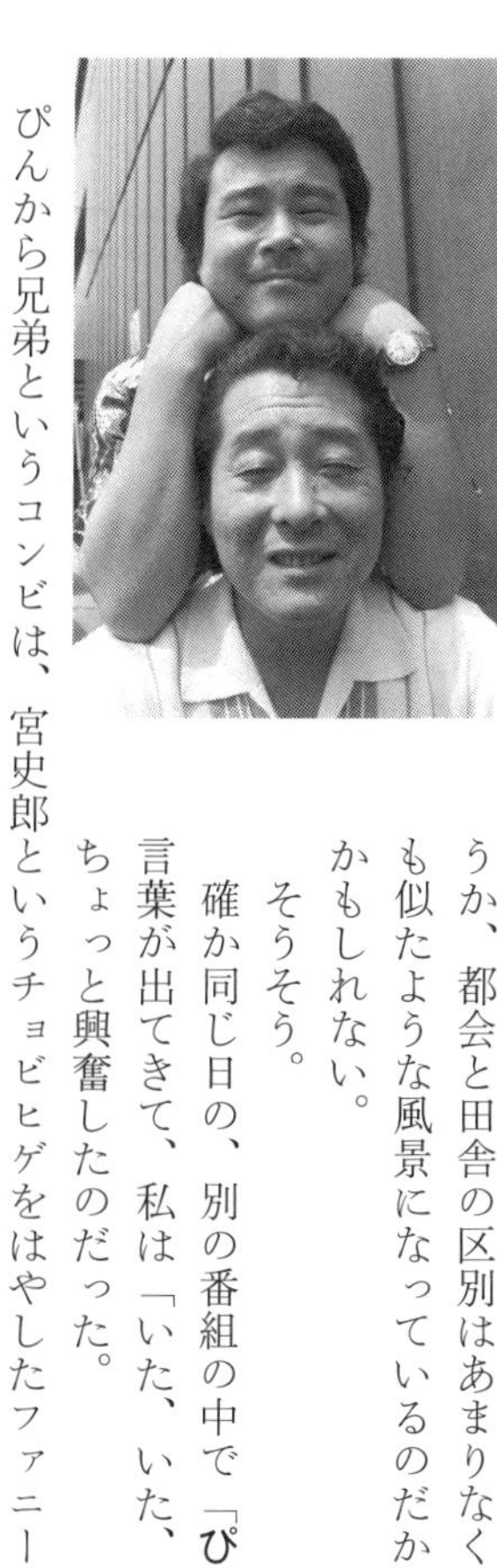

ぴんから兄弟（1973年）。ヒット曲「女のみち」。

ぴんから兄弟というコンビは、宮史郎というチョビヒゲをはやしたファニーフェースの人が、酒とタバコで煮しめた（？）ような声で「女のみち」と題した哀れな歌を歌う。これが妙にエグイ。おかしい。私、好きだった。まだ時代は、昭和だった……。

＊

文藝春秋という出版社は老舗だけあって、多くの名物編集者を生み出している。半藤一利さんもその一人。

私が文藝春秋から仕事を受けるようになった頃には、すでに退職されていたと思う。

だから、実際にお見かけすることもなかったのだけれど、親しい編集者との雑談の中で、何度か半藤さんのお名前が出てきていたので、豪快でサッパリした感じの人というイメージを持っていた。奥様は夏目漱石の孫娘ということも小耳にはさんでいた。

2021年2月

半藤一利さん。夫人は漱石の孫娘・末利子さん。

日本人必見の映画。

『日本のいちばん長い日　〈東宝DVD名作セレクション〉』
DVD発売中
発売・販売元：東宝

一月十二日。半藤さんはおだやかにこの世を去った。九十歳。

一月三十日。NHK・Eテレの半藤さん追悼の番組『一所懸命に漕いできた〜〝歴史探偵〟半藤一利の遺言〜』を興味深く観た。

半藤さんは東京の向島生まれ。少年時代、東京大空襲を受け、逃げ場もなく、川の中へ。そばには、すでに溺れ死んだ人も……。まさに「九死に一生」といった体験をしたという。

半藤さんの「日本よ、平和で、いつまでも穏やかであれ」という言葉は、そういう体験をした人の、祈りのような言葉なのだった。

半藤さんによるノンフィクション**『日本のいちばん長い日』**は、一九六七年、岡本喜八監督によって映画化された。

私は半藤さんの原作は読まないままに、数年前、映画版を観て、おおいに引き込まれた。

笠智衆、三船敏郎、宮口精二、山村聰など昭和のオールスター映画だったし、戦争指揮のトップにいた人びと、それぞれの信念や思惑や人柄の絡み合いが克明に、そしてダイナミックに描かれていたから。

日本人として必見の映画になっていると思った。戦争を知らない世代の私が言うのもナンですが。
さまざまな形で戦争を知っている世代の人たちが次々と、この世を去ってゆく。何だか、ちょっと、心細くなってきた……。

（2021年2月21日号）

◉ワキが甘い◉最後の最後まで

私は一九六四年の東京オリンピックを鮮やかにおぼえている世代だ。
高校のクラスメートのMさんは聖火の伴走メンバーとして走ったし（いまだに私は羨んでいる）、聖火台に点火した坂井義則君は一歳上の早大生だった。戦後に生まれた団塊の世代がバリバリの十代だった頃——。敗戦から二十年も経たない中で、日本は東京五輪を平和の祭典として成功させたのだった。

当時の私はそんなことチラリとも考えなかったけれど、戦争を知る大人たちにとっては、さぞ感慨深いものだったろう。

市川崑監督によるドキュメンタリー映画『東京オリンピック』、とりわけマラソン場面を見れば、そんな昭和の時代色が生々しく伝わってくる。

今にして思えば、あの時の東京オリンピックは、アジア初のオリンピックでもあったのだ。そして、それは大変な成功体験となった。敗

1964年東京五輪　聖火台。点火したのは「戦争を知らない子供たち」だった坂井君。

戦の無念も、あと押ししていただろう。

それ故にか私は、二度目の東京五輪への期待や執着はもともと薄かったのだけれど、森喜朗氏が、東京オリンピック・パラリンピック競技大会組織委員会の会長と知った時は、「はあ〜」とヒザのあたり、脱力。

よく知らないで言うのもナンですが……確固とした信念やリーダーシップを持った人とは思えなかったので（わが母校、ワセダ大学出身とか）。

その森氏が、日本オリンピック委員会の臨時評議員会の場で、女性理事を増やすという方針に反対。「女性がたくさん入っている理事会は時間がかかる」「女性は競争意識が強い。それでみんな発言したがる」などと発言。一気に国内メディアやSNSの批判を浴び、海外メディアにも取りあげられるという騒ぎに。

八十三歳の森氏がどういう性意識や女性観を持とうと勝手だが、海外メディアも注目するオリンピック絡みの公式の評議員会で口にしたのは、あまりにも思慮が浅く、ワキが甘いと思わずにはいられない。世界に向けて粗雑な偏見をアピールしてしまったかのよう。ひとごとながら恥ずかしい。

そもそも「女性が多い会議は時間がかかる」という発言自体、私なぞ「エッ、そうなの⁉」と信じがたい気持ち。私は「会議」というもの自体が好きでなく、そういう場にはめったに出たことがないので、詳しくはないのだけれど……男が多い会議のほうが、よっぽどムダに長いんじゃないか⁉という気もする。自分はこれだけ詳しく調べた、頑張ったというのをアピールし、反論する余地を与えないために話がくどくなったりして。

私は高校の三年間、女子校生活を送った者だが、運動会や文化祭などでの話し合いは、テキパキとしたもので、何の不満もイラダチも感じなかったけどなあ……。

森さんはいったいどういう豊富な（？）体験の中から「女性は話が長い、競争意識が強い」という教訓をお持ちになったのだろう。具体的に教えてもらいたい。

＊

新聞訃報欄にクリストファー・プラマーの顔写真と記事あり。ドキリ。九十一歳。

クリストファー・プラマーの名を頭に刻み込んだのは、やっぱり、『サウンド・オブ・ミュージック』（'65年。もはや半世紀以上前！）のトラップ大佐役の時だったろう。

『サウンド・オブ・ミュージック』の頃のクリストファー・プラマー。生命力の強い人だったのね……。

清涼な丘の上でジュリー・アンドリュース演じるマリアが歌い踊る場面から、ぐいぐい引きつけられ……気難しい美男のトラップ大佐とやがて愛し合うようになり……ナチス・ドイツを怖（おそ）れてトラップ一家が一人ずつステージから去ってゆくという形でスイスへと亡命……。そのシーンのいくつかが鮮やかによみがえる（三、四回は観ているので）。

以来、トラップ大佐＝クリストファー・プラマーは私の心の中では大スター。ハンサムには違いないのだが、甘さ抑えめ、苦みやヒネリのあるところが好きだった。カナダの名家の出身とか。

演技力は言うまでもなく、よっぽど体が頑健だったのだろう、スクリーンから遠ざかることはまったくなく、毎年、一、二本（時に三本ということも）というペースで映画出演（もちろん主役級で）を続けてきた。

嬉しかったのは『終着駅　トルストイ最後の旅』（'09年）で、私の憧れの年増女優ヘレン・ミレンと共演したこと。話はどうということもなかったけれど、最高にシブイ夫婦像だった。『ゲティ家の身代金』（'17年）では、さすがに座っている場面が多く、動きの少ない役柄での出演だったが、老いても冷徹さは失わない大富豪を貫禄たっぷりに演じ切って、第九〇回アカデミー賞助演男優賞にノミネートされた。当時八十八歳。それは俳優としてはノミネート最高齢記録となった。

あんまり評判にはならなかったような気がするのだが……二〇一五年に製作された『手紙は憶えている』が、とても面白かったと言えば語弊があるが、ショッキングな、そしてみごとな復讐劇として忘れられない。

話はザッとこんなふう……。ニューヨークの介護施設で淋しく暮らしている老人ゼヴ（クリストファー・プラマー）は近頃、記憶がさだかではなくなっている。

そんな中、旧友のマックス（マーティン・ランドー）から手紙が届く。ゼヴとマックスはナチスに家族を殺された、アウシュビッツ強制収容所の生き残り同士。手紙には彼らの家族を殺した元・ナチス兵士が、今はルディ・コランダー（ブルーノ・ガンツ）という偽名で、のうのうと暮らしていると記されていた。

頭はボケぎみでも体は動くゼヴは、ルディ・コランダーなる人物を訪ねて復讐の旅に出るのだが……という話。これが終盤にビックリ仰天、背筋が凍るような展開に！

私にとっては格調高き恐怖映画のベストテンに入る映画になった。老人映画の怪作、いや快作でもある。「スパイ大作戦」のマーティン・ランドー（'17年に89歳で没）も重要な役で出演しているんですよね。

クリストファー・プラマー、最後の出演作は『ラスト・フル・メジャー　知られざる英雄の真実』（'19年）。久しぶりのベトナム戦争映画で、実話をもとにしたもの。

クリストファー・プラマーは、大事な役柄の青年の父親役として出演している。わずかな出演場面だが、風格たっぷり。最後の最後まで現役を貫いた俳優人生となった。おみごと！

コロナ禍のもと、映画の試写会はめっきり少なくなり、仕事のうえで観るべき映画はＤＶＤを送ってもらう——ということになって、もはや一年近く。

試写会に足を運んで、暗がりの中でスクリーンを観るというのと、自宅でＤＶＤを観るというのとでは、やっぱり、どこか身にしみかたが違うんだなあ——と痛感する日々。

窓のカーテンを閉めて、部屋のライトは消して、できるかぎりの暗がりにして観ているのだが、その間にもＦＡＸが送られてきたり、電話がかかってきたりして、集中しきれない……というわけで、できるだけ人びとが寝静まった真夜中に観るようにしている。おかげで（？）お肌は絶不調……。

（２０２１年2月28日号）

◉あれから十年◉ガイジンじゃない◉「ぷらんたん」のこと

「これはもう生涯忘れられない記憶になるなあ」と思ったのに、私って何ていいかげんな人間なんだろう、キッチリ十年前の3・11――東日本大震災の記憶がもうアヤフヤになっている。

あの日は、都心でも、かなりの揺れが二度あり、私の部屋は棚から落ちた本、書類、食器、CD、DVDなどが散乱。文字通り、足の踏み場もないゴミ屋敷と化した。マンションの同じ階のどこかの部屋から「どうしたらいいの～、どうしたらいいの～」という女の人の叫び声が聞こえた……。

あれから十年――。二月十三日の夜。福島県沖で最大震度6強という地震があった。私は友人夫婦の千葉の山荘にいて、スマホをチェックしていた友人から、そのニュースを知らされた。「なんでまた東北」と気の毒でならない。

千葉からの帰路。東京湾を横断する長いトンネルを抜けると風景は一変。高層ビルが林立する都心――。

そこに長年住みながらも、大地震に直撃されたら、いったいどうなるんだろう、高層ビルは、つぶれたり、歪(ゆが)んだり、傾いたままになったりしないのか？

エレベーターだのエスカレーターだのは機能せず、歩いてのぼったりくだったり？　やたら大きなガラスを使った外観の建物が多いが、大地震だったら砕けるのでは？　ついつい地獄絵図を想像してしまう。

そんなところに住まなければいいじゃないか!?と思われるだろうが、ザッと三十年程前、私が勝どき橋近くのマンションに越してきた頃は、銀座まで歩いて行けるというのに高層ビルなどほとんどない、のどかな地だったのだ。

明治・大正の頃、工業試験所とかいうのが月島にあって、祖父はそこの技師として働き、父はこの地で生まれた。

そんな縁もあり、いつのまにか、この地を去り難くなってしまった。今さら生活環境を変えると急激にボケるような気もして……。

「終の住処」はここでもいいか――という気持ちになっています。

*

二月十一日、夜。NHK・総合で宮藤官九郎×イッセー尾形の『**ワタシたちはガイジンじゃない!**』が面白く、笑い、泣く。

イッセー尾形。俳優としても活躍。

日系ブラジル人が多く住む団地の一角で、イッセー尾形が次つぎと扮装を変えつつ一人芝居を繰り広げるという趣向。立ち見の見物人の多くは、その団地に住む女性たち。見た目ではわからないのだけれど、多くは、日系ブラジル人なのだろう。みんな楽しんでいた。共感の笑い。大ウケ。そして、しみじみ。

イッセー尾形を知ったのは、一九八〇年代の前半。日本テレビの『お笑いスター誕生!!』に出演したのを見て、注目。友人ともどもライブを観に行くようになった。

演出や事務的なことを担当していた森田雄三夫妻とも顔見知りになった頃、森田夫人から「イッセーのライブは建築関係の知り合いばかりだったので、あなたたちが現れた時、『パンクが来た、パンクが来た』と驚いたのよ」と言われ、私のほうもちょっと驚いた。イッセー尾形にとって盟友だった森田雄三さんは、もう、いない。

今回の『ワタシたちはガイジンじゃない！』のイッセー尾形は、次つぎと日系ブラジル人をめぐるショート・ストーリーのようなものを描き出していた。「ワタシたちはガイジンじゃない！」というセリフに胸をつかれ、涙した。

森田さんが亡くなったり、イッセー尾形が俳優としても大いに認められるようになったり、いつもいっしょにイッセー尾形の舞台を観に行っていた私たちの仲間の一人が亡くなったり……という変化の中で、イッセー尾形をライブで観ることはなくなってしまったのだけれど……はい、私、今でも応援気分です。他の人には、おいそれとマネのできない、笑いの細道（？）を手さぐりで突き進んでいる様子を見守っています。

*

四年ほど前、大学時代の記憶をつづった『**あのころ、早稲田で**』（文藝春秋）という本を出版させてもらった（その後、文春文庫に）。

何しろ半世紀も昔のことなので、思い出すのに一苦労。執筆にあたって、やっぱり〝現場〟に行ってみないと……と思い、早大付近をうろついてみた。大学時代から喫茶店病を発症していたので、校舎よりも近くの喫茶店のほうが思い出深く、懐かしかった。

その昔、私が入りびたっていた喫茶店は、ほぼ姿を消していた。超シブかった「茶房　早稲田文庫」も一九八五年に「茶房　武蔵野文庫」として吉祥寺に移転してしまったし……。

その中で嬉しかったのは喫茶店「ぷらんたん」が健在だったこと。入ってみると、私とあまり世代が変わらないと思われるマスターがいたので、ちょっと話しかけてみた。

「私、だいぶ昔の卒業生なんですけど、（すぐ横にあった）『キャビン』も『モンシェリ』もなくなっちゃったんですね……」と。

マスターは「そうなんですよ、八〇年代に次々とね……。私は（校舎が離れていた）理工学部の学生だったので、このあたりにあった喫茶店には、なじみがなかったんだけど……」と言う。

早稲田の古き良き喫茶店　ぷらんたん。店頭に立つオーナー夫妻。

そんな話もまじえて『あのころ、早稲田で』で書かせてもらった。

私の在学中は喫茶店がズラッと並んでいたのに、今やその大半が消失。追い打ちをかけるようなコロナ禍で、「ぷらんたん」もいよいよ店をたたむしかないという状況になったのだが……。

それを惜しむ学生たちが、クラウドファンディングを立ち上げ、第一目標の五〇〇万円を上回る五八〇万円余りの支援金を調達できたという。三月十五日までという締め切り（？）を待たずに達成されたのだ。

よかった～、よかった～。今の若い子たち、頼もしいじゃないの！

2021年2月

ありがとう！

私は不良学生だった。教室に出ることはめったになく、部室と喫茶店に入りびたっていた。昭和のその頃は、高田馬場駅から早大まで、多くの喫茶店があった。あの喫茶店に行けば、誰それがいる……というふうだった。客としてばかりではなく、アルバイトのウエーターとかウエートレスをしている知り合いにも会えた。

実際、私も早大そばの喫茶店で半月くらいだったかな、ウエートレスのアルバイトをしたことがある。ちょうど受験シーズンで、受験生やそのつきそいのお母さんたちで満員。大忙しだった。

初めてのウエートレスをこなす中で、はい、一つ学びました。「私は何て気の利かない女なのだろう！」と。接客仕事に、まったく向いていないのだ。「気くばり」というのが全然できないのだ。もう一つのアルバイト――小学生相手の学習塾のセンセイのほうが、断然、気が楽だった。

将来、どういう職業につきたいかという夢なぞ、ほとんどなかった。苦手な仕事を避けるという「消去法」の中で、ようやっと残った望みが、出版業界なのだった……。

（2021年3月7日号）

◉花という救い◉心のゲルニカ!?◉充実の一冊

オランダ在住の友人K子とは毎週末、**二人だけのメール句会**をしている。長続きしているのは、ひとえにこの私の人柄のよさ、謙虚な心ゆえだと思う（!?）。

私はべつだん俳句に強い興味はなくて、毎週末のちょっとした遊びという感じで、「締め切り」

が来ると凄いいきおいでササッと七句、でっちあげる。何年経っても、いいかげん。

K子からは毎回、きびしいお言葉をいただいている。十七歳の頃からの友人で、互いに性格を知り尽くしているから、酷評されても苦笑するだけ。K子を「師」として立てている。それで長続き。

そんなメール句会も、この一年、コロナ禍によって少なからずダメージを受けている。K子が住んでいるのは自然豊かな郊外で「句材」には事欠かないが、私が住んでいるのはビルが林立する都心。もともと緑の少ない地だが、コロナ禍によって外出もめったにできず、「句材」に乏しいわけですよ、圧倒的に。これ、凄いハンディキャップ。そのへんのこと、K子には察してもらいたいものだ……。

なあんて。たかがシロウト俳句のことでグチるのは（文字通り）懸命に働いている医療関係者の方がたに失礼だろう。

この一年を振り返ってみると、「ステイホーム」の中で、私、やたらと花を買っていますね。母が花好きで、生け花を教えていて（こんな私でも生け花の心得は少しはあるのよ）、形見の花器もいくつかあるので、いつにも増して、部屋の中、あちこちに花を配している。

やっぱり、花は地味な心を救ってくれますね。はなやぎますね。花の生命感に救われる。今、身にしみてそう思う。「句材」にもなるし……。

＊

二月二十日、夜。NHK・Eテレ『SWITCHインタビュー　達人達』を途中からだが、とても面白く観た。

現代美術家の宮島達男さんとパフォーマンス集団・大川興業の「総裁」大川豊さんの対談。ザッと言えば、難解と思われがちな現代アートやパフォーマンスをめぐる話。

私は「モダンアート」は大好きなのだけれど、今どきの「現代アート」とか「コンセプチュアルアート」と呼ばれる超・抽象的な立体作品が好きではない。何となく、ほんとうに何となくだけれど、私が子どもの頃から苦手としてきた数学の世界に似ているような気がして。理知的すぎて、コワイ……という感じ？「こんなデカイもの、あと片付けが大変だあ」とも思う。

そんなふうに現代アートを敬遠してきたのだけれど、宮島さんの話を聞いていたら、ああ、そういうことなのか……と、何となく、ほんとうに何となく、わかったような気がした。

宮島さんは、自分のアート作品に関して「お笑いでしょ？」と言って笑う。大川総裁も「お笑いですね」と笑う。

笑いは多くの場合、常識とか既成概念の枠から少しズレたり、こわしたりするところから発生する。大川総裁は宮島さんの作品を評して「**心のゲルニカ**じゃないですか⁉」とも言っていた。そういうイタズラっぽい気持ちで楽しんでもいいのね……と今さらながらに思った。

＊

「ギャグにまつわる言葉をイラストと豆知識でアイーンと読み解く」という長いキャッチフレーズ付きの本——『**ギャグ語辞典**』（文・高田文夫、松岡昇、和田尚久／絵・佐野文二郎　誠文堂新光社）を面白く、一気読み。「あ」行から始まり、「わ」行で終わる、まさに辞典スタイルで、世間にヒットしたギャグ語――「あたり前田のクラッカー」や「ん～～マンダム」など、似顔絵（カラー）付きにて。

いやー、いちいち懐かしい。当時、好きだったものばかりではなく、あんまり好きじゃなかったものさえも。いわゆる「時代の空気」というものがパッとよみがえってくる。もはや記憶の中にしか存在しない我が家の茶の間や町並みや人びとの姿が思い出される。

『ギャグ語辞典』（誠文堂新光社）。時代の空気がよみがえる……。

笑芸人のおなじみフレーズばかりではなく、芸能界以外の有名人のフレーズも。竹村健一（政治評論家）の「だいたいやね～」や、長嶋茂雄が一九九一年世界陸上でカール・ルイスに話しかけた「ヘイ、カール！」や、淀川長治先生の「サヨナラ、サヨナラ、サヨナラ」なども。

もちろん、植木等の「スーダラ節」における「わかっちゃいるけどやめられない」も入っている。根がマジメなお寺の子であった植木等は、当初この曲を歌うことに難色を示していたのだが、僧侶である父は「これは素晴らしい。わかっちゃいるけどやめられないは親鸞の教えに通じる。これは人類の真理。書いた青島（幸男）という人は素晴らしい。がんばってやってこい」と言ったという、有名な（？）エピソードも紹介されている。

植木等のお父さんは、ホンモノの素敵な宗教者なのだった。

「ちなみに芸能界三大お寺の子」として、植木等、永六輔、三遊亭圓楽（五代目）の名前をあげているのも楽しい。

さらに「昭和・平成・令和　テレビバラエティ番組年表」や「伝説のモンスター番組たち」「台東区出身の芸人」などのオマケ的なページもあって、充実の一冊。

さらに高田文夫×ナイツ・塙宣之の対談ページもあり。

読みながら、「私が最初に好きになった笑芸人といったら誰だろう？」と、ちょっと考えた。やっぱり三木のり平だったように思う。喜劇俳優だから、ちょっと別枠だけれど。

高田さんは冒頭で、こんなふうに語っている。「いつの頃からかテレビの中で芸人の決め台詞やらワンフレーズの事を〈ギャグ〉と言うようになった。それが当たり前になった。言葉は生き物なので仕方がないが、昔の喜劇人・コメディアン・喜劇作家が今これを〈ギャグ〉と聞いたら何と思う事だろうか」と。

よくぞ言ってくれた！

ほんと、私も以前から〈ギャグ〉という言葉に対しての、ある種の誤用ぶりにはムカムカしている（特に若い女子が「ギャグやって〜！」なあんて、せがむ時）。

もはや日本語、と思うほかなし？

全ページカラーという贅沢さ。似顔絵もスマートで、よく似ている。


（２０２１年３月14日号）

◉五七五の力◉受難のペットたち◉オスカーのゆくえ

ひきこもり生活の中で気づいたのだけれど、あまりの単調さのためだろう、曜日の感覚が鈍りますね。「あれっ、今日は何曜日だっけ?」と思うことが、たびたび。

いや、曜日ばかりではないかもしれない。「今、何月だっけ?」と思うことすら、たまにだけれどある。そんな中、ほぼ唯一、曜日の感覚を取り戻すのは、K子との句会締め切り日の土曜日なのだった。

私にとっては俳句は百パーセント「遊び」。それ以上ではない。週末になると「締め切り、締め切り……」とばかり、三十分くらいでザッと七句、でっちあげるのだが……元来マジメなK子は、違う。毎回、手きびしい評をいただいている。

たいていは苦笑ですませているのだが、あまりの酷評に、本気(マジ)でシャクにさわることもある。そこをグッとこらえての、メール句会なのだ。やっぱり俳句をひねること自体は楽しいものだと思っているので。

五・七・五――たった十七音を使っての文芸。すばらしいじゃないの! 日本には、ありがたいことに四季というものがある。四季おりおりの自然、風習、生活様式……。自然物に乏しい都会暮らしの中であっても、やっぱり四季を感じることは、いろいろあるのだった。

俳句の他に季節感ナシでOKの川柳というのもあって、これも基本的に五七五。日本人って、よっぽど五七五のリズムが性(しょう)に合うようだ。

『毎日新聞』には日曜の紙面に「脳トレ川柳」と題した読者投稿欄があり、毎回、興味を持って読んでいる。投稿者は、ほぼ全員、六十歳以上だったりして。二月二十一日の「脳トレ川柳」で選ばれた川柳の作者たちの大半も七十歳以上。常連の投稿者の中には百四歳という人も。

その回の投稿で笑ったのが「かくれんぼだあれもさがしきてくれぬ」というもの。作者は七十三歳の男の人。笑うほかなき哀愁。すべて、ひらがなにしているところもオシャレ。

我が意を得たりと思ったのが、「〝恵方巻き〟昔そんなものなかったぞ」という投稿。金沢在住の六十七歳。たぶん男の人？

ほんと、私も子供時代に聞いたことも見たこともない。ちょっとスマホでチェックしてみたら、べつだん古くからの風習ではなく、大阪の海苔（のり）業者が販売促進のため思いついた、という説もあり。それでも、すでに四十年くらい続いているらしいから、もはや風習ということになるのかも。

＊

あれから十年経つのか……。二〇一一年三月十一日。**東日本大震災**。そして、それにともなう福島第一原子力発電所事故――。

ＴＶ報道を見るだけでもつらい日々だった。東北を中心に死者・行方不明者が約二万二〇〇〇人超（関連死を含む）。福島原発はメルトダウンという、きわどい状況にまでなった。

あの事故によって、人間たちばかりではなく、ペットたちも深刻な被害を受けた。当時、愛犬と涙の別れをして避難したという人の話に胸が痛んだものだった。

先日（二月十日）の『朝日新聞』夕刊に「**飼い主さん　大切にしましたよ**」という大きな見出しの記事あり。

原発事故で飼い主と離れた犬を引き取って育てた富山市の藤本さん夫妻の話。原発事故に胸を痛め、「福島のために何かできないか」と思い、動物愛護団体のシェルターに保護されていた「ローズ」を育てた。

ローズは地に伏せたままで、ほとんど動かず、気力を失っている様子だったのが、ある日、近くの公園に散歩に出かけた時、十歳くらいの女の子を見ると駆け出し、隣にちょこんと座った。女の子にリードを渡してみると、ローズはスキップするように跳ね、シッポを振った。藤本さんは、福島の飼い主の家には同じ年ごろの女の子がいたのだろうと察した。

やがてローズは藤本さん夫妻になつくようになったのだが……二〇一六年の暮れから体調に異変が。動物病院で定期健診を受けていて、異常は見つからなかったというのに……。年明けにローズは死んだ。

昨年十月、藤本さん夫妻は車で福島へ。双葉駅のノートにローズの写真をはさみ、「ローズの本当のかい主さん!!　ローズを大切にしていましたよ」とメッセージを残した。

ローズの骨つぼを入れたリュックを背負い、海の見える街をレンタサイクルで巡った。「おまえのふるさとやぞ。なつかしいやろ？　双葉のにおいがするやろ？」と語りかけながら……。

恥ずかしながら、その新聞記事（とローズの写真）に涙ポロポロ。生前のローズの写真が、また、かわいいんだ……。私は鼻水すすりながら、この記事をスクラップした。

*

ちょっと前に、アメリカ映画『ノマドランド』について絶賛の文章を書いた。公開は三月という

韓国系移民の一家の話。

『ミナリ』
BD & DVD 発売中
発売・販売元：ギャガ

のを知りながらも早く書かずにはいられなかったのだ。

リーマンショックのあおりで、家を売り、まさかの車上生活者になった中年女性の話。私の贔屓女優フランシス・マクドーマンドが、みごとな演技。ようやっと公開日が近づいた。ぜひ観てください。

案のじょう、『ノマドランド』は今年のアカデミー賞で複数の部門で有力視されている。作品賞と主演女優賞は絶対に取ってほしいなあ。監督賞も。

よく知られた話だけれど、フランシス・マクドーマンドはコーエン兄弟のお兄ちゃんのほう、ジョエルの奥方でもあるのよね。マクドーマンドは兄弟のデビュー作『ブラッド・シンプル』（'84年）から出演している。公私ともども絶妙のコンビネーション。

そんな中、立ちふさがるのが、日本でもほぼ同時期に公開される『ミナリ』ということになるかも。一九八〇年代に農業での成功を求めてアメリカに渡った韓国系移民の一家の話（だから、アメリカ映画ということになる）。

これまた、みごとな映画なんですよね。アカデミー賞の有力候補になっている。

この韓国人一家の、まるで昔の日本人一家のごとく（?）、万事ひかえめで、つつましく、我慢強い家族の話。私はべつだん国粋主義者ではないつもりだが、「これが日本人監督による日本人一家の話だったらなあ」と思わずにはいられない……。

（2021年3月21日号）

お笑いの「空気階段」鈴木もぐらを見ていて思い出したのだけれど……昭和の昔、「ぴんからトリオ」というお笑い系（？）の音楽グループがいたんですよ。そのトリオのリーダー的存在だったのが宮史郎という人で、口ヒゲをたくわえた、ひょうきんな顔立ち。酒とタバコで煮しめたような声で歌う「女のみち」が大ヒット。ＮＨＫの紅白歌合戦にも登場――。

なんだか好きだったんですよね、私。ビジュアル的にも面白かったけれど、思いっきりメソメソした歌詞にも惹かれて。水商売の、薄幸な女の気分に、つかのま、ひたれるし。

今頃になって、ハッと気がつくのだけれど、昭和の頃にはキャバレーというものがあった。バーよりも規模が大きくて、接待する女たちも複数。ステージがあり、有名無名の歌手が出演（私は子どもだったので、中に入ったことはないけれど）。「女のみち」は、きっと、キャバレーでは大ウケだったのだろう。

2021年2月

2021年3月

春の雷ほどけた真珠探しをり

◉仙女、逝く◉差別と区別◉春の悩み

三月四日。『毎日新聞』朝刊を開いて、アッと思う。

「篠田桃紅(とうこう)さん死去」という見出し。百七歳。

新聞ではこんなふうに紹介されていた。

「墨による抽象表現を確立し、国際的に活躍した美術家」「幼少の頃から父親の手ほどきで書に親しみ、女学校時代の先生に数年師事した以外はほぼ独学で創作を始めた」……。

確かに「書家」という言葉におさまりきらない独自の表現を切り開いてきたアーティストだった。

篠田桃紅さん。スッキリとキレイな人だった……。

私の子ども時代、桃紅さんはすでにして有名人だった。TVでその姿を見て、綺麗(きれい)な人だなあと思った。いつも、きもの姿。それなのに、洋装に負けないモダンさやシャープさを感じさせる人だった。

単身、アメリカに渡って、当時の抽象表現主義にじかに触れて多くを学んだばかりか、欧米にはない墨による表現は、高く評価されたという。キリッとした美貌の人を、子ども心にも超カッコいい人だなあと誇らしい気持ちだった。

平成に入ってからのことだったと思うが、ある女性誌の仕事で、桃紅

さんの仕事場を訪ね、インタビューさせてもらったことがある。化粧っ気はいっさいなく、地味なきもの姿の桃紅さんは、何と言ったらいいのだろう……そうだ、「仙女」のようだった。

なんで、こんなふうに綺麗に枯れた姿になれるんだろうと、不思議というか羨ましいというか。百歳を超えてもクリエーティブだった。美術表現ばかりではなく文筆の世界でも。

二〇一六年のNHK・Eテレの『SWITCHインタビュー 達人達』で、当時、百四歳の日野原重明氏（聖路加国際病院名誉院長）と百三歳の桃紅さんの対談というのがあった。

桃紅さんの首のあたりが腫れていたのが気になったものの、もはや男だの女だのというのを、まったく超越した風情だった（日野原氏は二〇一七年、延命措置を拒み、自宅で亡くなった。百五歳）。

よく知られていることだけれど、桃紅さんのいとこにあたるのが映画監督・篠田正浩氏、九十歳。早大在学中は箱根駅伝にも出場という強健の人。篠田一族の血は強い？

＊

同じく三月四日の『朝日新聞』朝刊の読者投稿欄で興味を惹かれた投稿があった。宮崎県在住、七十一歳の産婦人科医のかたの投稿で、見出しは「**進み続ける 性別イメージ解消**」というもの。

投稿者が、ある美術館を訪ねた時、トイレに行ったら男女の表示が見つからない。普通は男は青、女は赤の表示になっているものなのだけれど、両方ともグレーだったので。

迷っているうちに、左側から男性が出てきたので、そちらかとわかったものの不思議に思って、あとで係員に聞いたら、「男性は青系、女性は赤系と分けるのは性差別」だからと答えたという。

投稿者はさらに日本航空の例も思い出して、こう書いている。

「日本航空は昨秋、『レディース・エンド・ジェントルメン』という機内などの呼びかけをやめました。人間を男女で分けないことで性的マイノリティーに配慮したとのこと。世の中どんどん変わっていきます」

投稿者は、そんなふうに、品よくおだやかに書いているのだけれど、私はちょっと違う。「エーッ、そこまで?」と呆れるような気持ち。

トイレの性別表示を青と赤にすることが、いったいなんで「性差別」ということになるのか!? 差別ではなく、たんなる区別にすぎないじゃないか? そんなことに、なぜ、いちいち目クジラを立ててるんだろう? 両方グレーより青と赤のほうが、パッと見て、わかりやすいと私は思うけどなぁ。

実際、トイレの男女表示に関して「これは性差別です!」とクレームをつけた人がいたのだろうか? もし、いたとしたら、なぜ「男は青、女は赤」というのが性差別にあたるというのか、その根拠を聞いてみたい。青のほうが赤よりエライとでも? まさか。

確かに、赤やピンクの服を当たり前のごとく着せられてイヤだったという女の人もいれば、紺や茶色の服を着せられてイヤだったという男の人もいる。

ファッションに関しての性差別は好もしいものではない。自由でありたい。

さて、新聞投稿で、もう一件。

「心を前向きにする　障『碍』の字」と題した投稿にもハッとさせられた。

投稿者はパート勤務の四十四歳の女の人。その人には聴覚障害の高校二年生の女の子がいる。

「障害者」という言葉についてどう思うか聞いてみると、女の子はこう答えたというのだ。

「害と呼ばれるのは不本意。害虫を駆除するのと一緒で、生まれてこなければよかったと言われている気がする。私は望んで耳が聞こえないわけではないのに」――。

障害者と書かれるのと**障碍者**と書かれるのとでは、「碍の字のほうがずっといい！　旅人の行く手を阻む『石』という意味で、それがハンデという考えは好き。難聴とも、違った向き合い方ができる」と答えたという。

そうか、なるほどなあ……と私は思った。障害という言葉自体にはべつだん差別的なものはないと思うものの、「害虫駆除」といった例を出されれば、確かにネガティブなイメージとして受けとめられるだろうなあ。私、そこまで気がつかなくて、すみませんという気持ちに。

*

数日前から花粉症を発症。目が痒く、鼻がムズムズしてクシャミを連発。いつにも増して頭がボーッとしている。

高校生（だいぶ昔の話）の頃、春先になると、なぜか目が痒くなるのが不思議だった。当時は花粉症という言葉を聞いたこともなかったので。

今や花粉症慣れしてしまった。時期を過ぎれば自然におさまるので、病院に行くこともない……。と、書いていて、ハッと思いついた。「花粉症」って俳句の季語になっているんじゃないの、もしかして？……と。季語辞典を見たら、案のじょう、春の季語になっていた！　何だか嬉しい。ト

2021年3月

クした気分。

目が痒くて、こすらずにはいられないので、化粧もしたくない。コロナ禍を口実に、スッピンで家に引きこもっている。

おかげで化粧の仕方というかダンドリを忘れてしまったかのよう。たまに銀座に出かける時には、化粧をするが、何だか以前とは勝手が違う。妙に手間取る。

やたらとクシャミが出るので、試写会（コロナ禍でわずかにしかない。DVDを送ってもらっている）に行ったら、大変な迷惑になると思う。

しかし、一番シャクなのは頭がボーッとしていること。花粉症のせいばかりとは言えないかも。いつにも増して、クロスワードパズルに励んで頭の体操をしている、つもり。

（2021年3月28日号）

◉あの日のこと◉ゲーニンって？

三月十一日。NHKはじめ民放各局も、十年前の「東日本大震災」で大きな被害を受けた三陸地方の現状について詳しく伝えていた。

十年前のあの日――。都心でも、それまで体験したことがない大きな地震（横揺れ）が二度あり、私の部屋は一瞬にして足の踏み場もないゴミ屋敷と化した。ドアが歪んで開け閉めできなくなるのが一番の恐怖なので、まず、玄関ドアを半開きにして、そこにうずくまった。頭にひざかけ毛布をかぶった状態で……。

やがて。揺れがおさまって居間に戻ると、ありとあらゆる物が落下し、散乱していた……。
電話、ガス、エレベーターは使えなかったけれど、電気と水道は平常通り。TVも観ることができた。ニュースでは「**千年に一度の大地震・大津波**」と伝えていた。その後、数日間、余震が続いた。

最も深刻な大被害を受けたのが岩手・宮城・福島の三県。原発事故まで起きて、まさに一触即発の危機だった。

今回、NHKのドキュメンタリー番組では、刻々と押し寄せてくる大津波の記録映像（町民が撮影した映像も）を公開。涙なしには観られなかった。

言うまでもなく海辺の人びとは津波を警戒して、さまざまな工夫や避難のマニュアルを共有していたのだが……それを断然、上回る規模の大津波だったのだ。それこそ、着の身着のまま、少しでも高い所へと逃げ出すほかなかった……。

津波は容赦なく満ちあふれ、次々とビルや家々を呑み込んでいく。得体の知れない獰猛なイキモノのように。巨大な悪意のように。

多くの「海の幸」を与えてくれる海は、また、こういう荒々しい一面をムキダシにすることもあるのだった……。

海と共に生きる人びとの、平穏を祈る気持ち（そのための儀式や祭り）は貴いものだ、せつないものだと、今さらながらに思う。

昔から（いったい、いつからだろう?）コワイものとして「地震、カミナリ、火事、オヤジ」という言葉があるけれど、やっぱり、地震が一番コワイ。いつ起きるか予測しにくいのだもの。警戒

いまも月島橋の近くに残る関東大震災の慰霊碑。

のしようもないのだもの。さらに、地震による火事や建物などの倒壊や交通事故などへの不安もあるし……。

東日本大震災に関する記録映像は、まったく壮絶なものだったが……フッと、関東大震災（大正十二年。今からザッと百年近く前）を体験した祖父のひとことを思い出した。

今、私が住んでいる月島に祖父の勤め先（工業試験所と言っていたと思う）があった大正時代、関東大震災が起きた。

その瞬間のことを、祖父は「ションベンしてたら、グラッときたんだ」と言って、笑った。幼かった私は、いっしょになって笑ってしまったけれど……。昼時で火の気があったこともあり、なんと十万五千人余りが死亡あるいは行方不明という大惨事なのだった。

今、また、都心に大地震が起きたらどうなるのだろう。ニョキニョキと建っている超高層ビルの数かず……。映画『タワーリング・インフェルノ』（'74年）は、高層ビルでの火事という設定だったが、大地震だったら……!?と思ってしまう。もしかして、ビル全体が「ピサの斜塔」式に傾いたりしないか!?　なあんて勝手に想像して、勝手におびえている。

＊

いつの頃からか、笑いを主にした芸能人（タレント?）、特に漫才コンビのことを「芸人」と言うようになった。

本来、芸人と言うと、何か特別な芸、とりわけ和風の芸（三味線とか舞踊とか）の持ち主というイメージなので、漫才コンビ＝芸人という呼び方には、私は、かなりの違和感をおぼえてしまう。本来の意味での芸人……例えば、（ご存じない人も多くなったが）大女優・山田五十鈴さんに申し訳ない、といった気持ちも。

だからといって、コンビ芸人とか漫才師などと呼ぶのも、わざとらしかったり、古めかしかったり。「芸人」に代わる、何かピッタリのネーミングはないものか!?——というわけで、私は日夜、悩んでいるのです。

さて。話はズレてゆくのだけれど……今どきの「お笑い」の世界、いいですね、頼もしいですね。女子もガンガン進出してきて、男子にヒケを取らない腕前を見せるようになったのだもの。

その昔、女の笑芸人と言ったら（何人かの例外はあったものの）、たいていは「美人、ブス」「モテる、モテない」「結婚できる、できない」といったネタで笑いを取るのがフツーで、私は何だかビンボーくさいと感じていた。

清水ミチコ（1989年）。流れを変えた!?

さすがに今は、そんなことで笑いを取らない。流れを変えたのは（あくまで私的な感想だけれど）、一九八〇年代後半から九〇年代前半の、清水ミチコと野沢直子（TVレポーター時代から、ちょっとヘンで、注目していた）が出演したフジテレビの『夢で逢えたら』の頃からだったのでは？

共演のダウンタウンやウッチャンナンチャンの繰り出す笑いに、二人ともシッカリ、対応していたと思う。野沢直子は、

2021年3月

その番組出演によってか、自分の力量に疑問を持ち、お笑い修業のためニューヨークへ。

そんな時代からザッと三十年。今や女の笑芸人ばかりのコンテスト『女芸人No.1決定戦 THE W』(日本テレビ)が開催されるほどになった。二〇一七年からで、チャンピオンになったのは、ゆりやんレトリィバァ、阿佐ヶ谷姉妹(言うまでもなく、私はファン。よくまあ、ファッションといい、しゃべり方といい、あんなスタイルを思いついたなあ、と。独創的!)、3時のヒロイン、吉住――といった顔ぶれ。

今や、ゆりやんレトリィバァは『R―1グランプリ2021』(フジテレビ系 ピン芸=一人芸のコンテスト)でもチャンピオンに。何とも言えず、かわいい。おかしい。

さて、話はガラリと変わって。

以前もちょっと触れた通り、アメリカ映画『ミナリ』。これが、いいんですよ。

時代背景は一九八〇年代。アメリカに渡った韓国人一家が、荒れ地を切り開き、農地にしようと悪戦苦闘する。原野の中にポツンと一軒家。夫婦と幼い子ども二人の四人家族。いわゆるアメリカンドリームをめざしての地道な努力の日々。

それが、まるで小津映画のごとく、静かに、たんたんと描写されてゆく。抑制的なセリフと感情表現。それでも、妙に引き込まれてゆく。開拓者としての心の持ちよう。決してあきらめたり、へこたれたりしない強さ。家族それぞれの屈託……。

決してサクセスストーリーというのではないのに、観終わったあと、何か励まされたような気持ちになっている。


ゆりやんレトリィバァ。なんだか、突き抜けたおかしみと愛嬌。

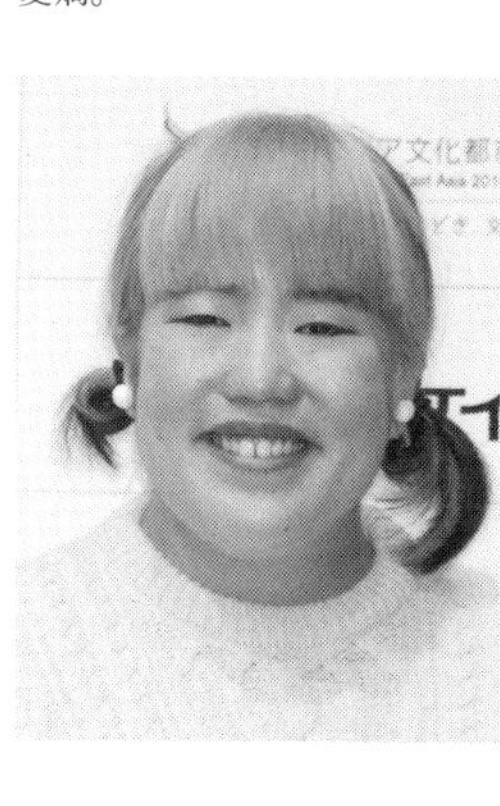

四月のアカデミー賞授賞式でも何らかの賞を受けるのでは？

（２０２１年４月４日号）

◉充実の一冊◉秘境の一軒家◉『水を抱く女』

玉川奈々福さんの最新の著書『語り芸パースペクティブ』（晶文社）に興奮させられた。圧倒された。サブタイトルは「かたる、はなす、よむ、うなる」。厚さ三センチのズシッとした本。出版されたばかり。

実は奈々福さんは元・筑摩書房の編集者。八年ほど前だったか、私がある雑誌に歌舞伎をテーマにしたエッセーを連載していた時、「これを本にしましょう」と声をかけてくれた。

それで何度か顔を合わせたわけだが、歌舞伎ばかりではなく、「和」の文化に、断然、詳しいことに驚かされた。それでも、自慢するようなところは、まったくない。人柄も明るくサッパリ。

奈々福さんの『語り芸パースペクティブ　かたる、はなす、よむ、うなる』（晶文社）。

雑談の中で、「実は、三味線のおけいこを受けているんですよ」と言うのでビックリしていたら、やがて、会社を辞めて浪曲師に……。アッという間（だったと思う）にプロとして舞台に……。

二〇二〇年十二月には『浪花節（なにわぶし）で生きてみる！』（さくら舎）という本を出版。「優秀な編集者が、なぜ浪曲師に⁉」という疑問に答えるような一冊。

そして、今回の新刊『語り芸パースペクティブ』は、語り芸のさまざまを、いくぶん研究的に掘りおこしたもの。亡き小沢昭一さんの仕事を連想せずにはいられない。全編、その世界の識者や演者との対談・座談の形をとっているので、読みやすく、わかりやすい。マニアックと言えばマニアックだけれど、読み手の私も座談の場に参加しているかのようで愉しい。わくわくする。

私なぞ、一ページに一度はというペースで「エッ、そうだったの?」「あらーっ、そんなことがあったんだ!」「へえーっ、そういう意味だったのねー」「なるほど、そういうことだったんだあ」……と教えられることばかり。

脈々と伝わってきた日本人の感受性や知恵。あらためて貴重なものとして感じられた。

話は少しズレるが、小津映画が好きで、『小津ごのみ』(ちくま文庫)と題した本を手がけた私としては、ハッとした一節もあった。篠田正浩監督が「(小津安二郎監督の)助監督についてみたら富士山と松の木は絶対に映さないと。映画の中に富士山と松の木が出てくると、自分の世界がかき乱される……」と発言していたというのが面白かった。「そう言えばそう! なぜ私、そこに気がつかなかったのかなあ!」

篠田監督のこの指摘に奈々福さんが「浪曲は絶対、富士山と松の木を出さなければいけないもの」と答えているのも面白い。

この『語り芸パースペクティブ』を読みながら、たびたび祖父のことを思った。私の子ども時代、祖父が買ったらしい古びた「蓄音機」とレコードがあった。蓄音機の脇についているハンドル(のようなもの)をグルグル回したのち、レコードに針のようなものを置くと、曲が流れる——。

レコードの中に広沢虎造の『血煙荒神山』というのがあって、私は好きだった。今、スマホでチェックしてみたら、ちゃんと、その音声が出てくる。「大きさ」を感じさせる声、セリフ。大人気だったというのも納得できる。

——と、こう書いていたら、俄然、浪曲を聴きたくなってきた。明日、虎造の『血煙荒神山』、買いに行こう。ちゃんと売られているかなあ……。

*

三月十八日（木）、夜、ボンヤリとTVをザッピングしていたら、山奥へと向かうクルマの画面が出てきた。「あれっ!? 『ポツンと一軒家』？ このあいだ観たばかりなのに」と思って、新聞の番組表で確認したら、テレビ東京の『**ナゼそこ?**』という番組なのだった。

どうやら、以前に「あなたよりもっと秘境に住む人知りませんか？」という募集があって、それに応えた視聴者が推薦した家を訪ねるという企画のようだった。

三カ所ほどが取材されていた。その中で特に印象的だったのが、奈良の秘境（その地名も果無とか）で一人暮らしをしているお婆さんの暮らしぶり。

今や、めったに見られない、細くて長い吊り橋を渡った所に、その家がある。取材のクルーはどうやら若い男性リポーターとカメラマンだけのよう。吊り橋を渡る時、リポーターは「こわい、こわい」とおびえていて、観ている私もおびえたが、撮影していたカメラマンは、もっとこわかったろう……と気づく。リポーターもカメラマンも、帰りにまた、この吊り橋を渡らなくちゃならないのよね……と、ひどく同情してしまう。

吊り橋を渡った、ちょっと先にポツンと一軒家。八十九歳の婆様、一人。話しぶりも動作も活発。凄いなあ……。

人に山と書いて「仙」、人に谷と書いて「俗」。さらに仙人、俗人という言葉……。山奥に暮らす、この婆さんは「仙女」ということになるのか？　ほがらかで好奇心も旺盛なこの婆様には似合わない気もするが。

仙と俗という言葉から言えば、都心の住宅密集地に住む私は、俗のきわみということになる。欲望渦巻く「俗」の世界に身を置きつつ、心やふるまいは「仙」――というふうであったらなあ、と思わずにはいられない。

＊

さて、話は大きく変わって。ドイツ・フランス合作映画『水を抱く女』、オススメします。久しぶりに胸にしみる恋物語を観たなあ……と思った。

現代のベルリンを舞台に潜水作業員の男と、博物館のガイド役をしている歴史家の女（言うまでもなくクールビューティー）が恋に落ちるのだが……その時から湖では不思議な出来事が次々と起きる。

と、そんな簡単なストーリー説明しかできない。ヒロインの名前はウンディーネ。と言ったら、一九六〇年代後半だったか劇団四季の『オンディーヌ』で、石坂浩二と加賀まりこの共演を思い浮

ドイツびいきの私。ひんやりとした幻想味に酔う。

『水を抱く女』©SCHRAMM FILM / LES FILMS DU LOSANGE / ZDF / ARTE / ARTE France Cinéma 2020

かべる人もいるだろう。オンディーヌはドイツ語ではウンディーネということになる。

そもそもメルヘンという言葉はドイツ語で、このドイツ映画『水を抱く女』も幻想味が漂う。甘味たっぷりのファンタジーではなく、大人ぽく、ひんやりとした幻想味。

ウンディーネ役のパウラ・ベーアは役柄ぴったりだけれど、相手役のフランツ・ロゴフスキには、ちょっと首をひねってしまった。いささかのモッサリ感。美男でなくても構わないが、何らかの魅力を漂わす風貌であってほしかった。不満は、それだけ。

監督・脚本はドイツ人監督のクリスティアン・ペッツォルト。一九六〇年生まれのベテラン。『東ベルリンから来た女』（'12年）『未来を乗り換えた男』（'18年）など。

それにつけても、新型コロナウイルスってやつ、憎らしい。映画館でも「ソーシャルディスタンス」で、どんなに人気があっても満員にはならない、いや、なれないだろう……。コロナよ、いいかげんにしてくれ～。

（2021年4月11日号）

◉耽美と笑い◉またまた鈍感発言

久世光彦さんは二〇〇六年三月二日に亡くなった。もう十五年も経つのか。没後も、久世さんの仕事は本になって、次々と刊行されてきた。先日も『「女」のはなし』（河出書房新社）と題した新刊のエッセー集が送られてきた。

それを読み始めていたところに、某出版社の久世さん担当の女性編集者で、長年親しくしてきたFさんからメールあり。

「久世さんのお墓参り、しませんか?」と。久世さん急逝後、私はお墓を訪ねたことはなかった。

「もちろん、うかがうわ」と即決。コロナ禍での引きこもりに耐え切れず……という気持ちもあった。

お墓は田園調布だという。ちょっと意外。私はめったに行かない所なので、乗り換えなどで迷ったら……と思って、早めに出かけたら、案外スンナリと到着。古風なお寺の中の新しいお墓だった。

駅近くの喫茶店でFさんとひとしきり久世さんの思い出話。久世さんは厳しい演出家だったようだけれど、それを知らない私にとっては「面白くて愉しい人」。時どき「かわいい人」とも思うことがあった。お母様はじめ、女の人にも男の人にも愛されて育ってきた人ならではの、いわゆる「華」が

『「女」のはなし』（河出書房新社）。久世さん逝って15年……。

あった。〝耽美〟と〝笑い〟――その両方に強く惹かれている人のようでもあった。

帰宅して、読みかけだった『「女」のはなし』の続きを読む。後半、「都々逸な女たち」と題されたエッセーに、ハッとした。「人に言えない仏があって／秋の彼岸の回り道」という七・七・七・五のフレーズが出てきたので。

私は墓参りをするたび、なぜかこのフレーズを思い出し、内心「ウチは、そんな艶っぽいこととは無縁みたいだなあ」と苦笑するのだったが……そうか、このフレーズは久世ドラマを観て知ったのだったか。そして、もとをたどればドドイツだったのか……と、今さらながらに気づかされたのだった。

ついでにと言ったらナンだが……同じく「都々逸な女たち」の中で、「あの人の／どこがいいかと訊ねる人に／どこが悪いと問い返す」――という都々逸が紹介されていて、気丈な女の姿がクッキリと浮かび、久世ドラマの一場面をかいま見た気分に。

「消えた狂女たち　保名狂乱」と題されたエッセーにも胸打たれた。「テレビドラマをつくっていて何よりつまらないのは、劇中に狂人を登場させてはいけないという厳しいルールがあって、これを犯すと放送禁止になってしまうことである」というくだり。長年、ドラマ制作の現場にいた人ならではの憤懣だろう。

久世さんはこうも書いている。「テレビドラマの不自由さに比べ、歌舞伎の世界は狂人の天国である。だいたい〈狂乱物〉と呼ばれるジャンルがちゃんとある。別の名を〈物狂〉ともいうが、その内容は様々で、妻を慕うもの、愛人を恋うるもの、失ったわが子を求めるもの、危機を逃れるために狂気を装うもの、と多彩である……」と。

2021年3月

『隅田川』や『保名』など具体的な演目を多数、引き合いに出しながらの論じかたで、説得力あり。久世さんは本来、「論じる」タイプの人ではないのに、ドラマ作りの中で、そうとう不本意な、イヤな思いもしてきたのだろう。

　私は、もう何年も前からテレビドラマは、めったに観ないようになってしまった。この一年はコロナ禍もあってか、ドラマ番組自体、激減しているようにも思う。もっぱら、お笑い芸人を並べ立てた、通称「バラエティー番組」でダラダラと時間を埋めているふうに思えて、お笑い好きのはずの私もゲンナリ……と思いつつ、やっぱり、そういう番組にチャンネルを合わせてしまうのよね。

＊

　コロナ禍は、いっこうに終熄の気配がなく、東京五輪はどうなるのか!?――と気を揉んでいる中、オリ・パラ組織委員会の前会長・森喜朗氏が、またしても鈍感発言。

「女性がたくさん入っている理事会は時間がかかる」に続いて、今回は「（ある女性秘書は）女性と言うには、あまりにもお年なんですが」だって……。

　冗談気分で言ったのだろうが、笑えない。怒る気にもならない。もはや何を言ってもムダと思っている。八十三年の長期にわたって、そういうセンスで生き抜いてきた人なのだから。日本の政界はそういうセンスが許され、時には賛美されるような世界らしいから。

　でも、もう、そういうセンスが通用する時代ではないんですよね。ここはひとつ、**お引き取りいただきたい**――と切に思う。この先、無邪気な（?）失言を重ねる、その前に。

さて。すでに聖火リレーが始まったというのに、コロナ禍はいっこうにおさまる気配がない。「東京オリンピック」開催に反対という人が七割強というアンケート結果も出ている。

私自身はどうか。一九六四年の東京五輪は、さまざまな好運に恵まれ（前日は雨だったのに翌日の開会式はスッキリとした秋晴れ……に始まり）、数かずの感動を呼んだ大会となった。ほんと、何もかもツイていたのだ。その様子は市川崑総監督の記録映像（DVD）でも観られる。懐かしい、興奮せずにはいられない。でも……そういう記憶を持っている人たちは、もはや高齢者ばかりだろう。

せっかく二度目の東京オリンピック開催を引き寄せたのだ。若い人たち、子どもたちのためにも、東京オリンピックを成功させたい――という思いは私にもある。

でも……もしかすると、今の子どもたちはオリンピックにはあんまり興味が無いのかもしれない、とも思う。サッカーのワールドカップのほうが燃えるのかも……。

何とかコロナ禍がおさまって、各国選手、ハレバレとした祝祭的なオリンピック――というふうであってほしいと願うわけだが、開催まで、あと三カ月しかない。大丈夫か？

いっぽう、相撲界では見物席を大幅に縮小という形でコロナ禍の三月場所を何とか乗り切った。両横綱を欠く淋しい場所になってしまったけれど（白鵬は三日目から休場、鶴竜は全休、引退）――それでも力士たち、よく耐えてくれたと思う。マスク無しはもちろん、ほぼ裸での「濃厚接触」の十五日間だったのだもの。

実を言うと、私、先週は「ステイホーム」を二度ほど破ってしまった。木曜には（冒頭で書いたように）田園調布の久世さんのお墓を訪ね、金曜には友人に誘われて両国の江戸東京博物館で開催中の「古代エジプト展」を見に行き、帰りは浅草の友人宅に寄って、みんなで近くの和食店へ。
友人のクルマでの移動だったから、比較的安心だったけれど……。はい、今週は、おとなしく引きこもっているつもり。本の整理整頓という大仕事があるのだ。本を片付けまくって、引きこもりの今こそ、憧れの「明窓浄机（めいそうじょうき）」的インテリアを実現するのだ！

（２０２１年４月18日号）

コロナ禍の中、「緊急事態宣言」というのが出て、家に一人で閉じこもっている日々――。まさか、「ひきこもり」が奨励されることになるとは！

人に会わず、マジメにひきこもっているうちに、何だか妙な気分に。イヤなことばかり思い出されてきて、頭をかきむしりたくなってしまうのだった。「そうか、コロナ鬱って、こういうことか」と、気づかされた。気づいただけでも、なんだか気持ちが落ち着いた。たまには私もシリアスに内省的にならなくてはね……という教訓。

本文でも書いたけれど、フランシス・マクドーマンド、ほんと、大好きな女優なんですよね。80年代後半、コーエン兄弟による『ブラッド・シンプル』という、いっぷう変わった犯罪映画で（たぶん）初めて見て以来、好感。ほとんど「男顔」と言っていい人なのだけどね。ユーモアというものが体でわかっている、貴重な女優だと思う。日本の女優で言ったら、誰だろう。すぐには思い当たらない。

一九五七年生まれの六十四歳。若々しく見える。

2021年3月

2021年4月

美術館出（いず）れば夕闇花あかり

◉妙な味わい◉あれから半世紀◉男と女

『あやしい絵展』が、どうしても見たくて、竹橋の東京国立近代美術館へ。

幕末から昭和初期にわたる、キレイなんだかコワイんだか、よくわからないような、妙な味わいの絵画作品の数かず。「グロテスク」とか「猟奇」をストレートに狙ったものではなく、「どこか妙」「何だかコワイ」という気配を漂わす……。

はい、とっても面白かった。わくわくさせられた。会場はソーシャルディスタンスの工夫がされていて、安心して観られた。

月岡芳年（よしとし）、河鍋暁斎（きょうさい）、藤島武二、鏑木清方（かぶらききよかた）、安田靫彦（ゆきひこ）、上村松園、高畠華宵（たかばたけかしょう）、小村雪岱（せったい）などよく知られた画家ばかりではなく、大正期の島成園や甲斐庄楠音（かいのしょうただおと）といった画家たちの作品が複数紹介されていたのが嬉しい。

とりわけ甲斐庄楠音。美人画風に描かれているのに何だか「あやしい」。ちょっとコワイんですよ。陰にこもった邪気のようなものを感じさせる。あんまり使いたくない言葉だが「女の情念」っていうやつですか。京都の人だったという楠音、「女性崇拝」なんだか「女性恐怖」なんだか、よくわからない。そこが面白い。

ドロッとした「女の情念」を感じさせる絵が並ぶ中で、昭和期の小村雪岱のイラストレーションを目にすると、ホッとする。スッキリ、サッパリとした描線。やっぱりカッコいい！　好き！　今は亡きイラストレーターの原田治さんも雪岱が好きだと言っていたなあ……。

＊

四月三日深夜。まだ眠くないなあと新聞のTV番組欄を見たら、NHK・BSプレミアム『**今夜はトコトン〝三島由紀夫〟**』と題した特集番組あり。再放送のものらしい。途中からになってしまったけれど、観た。

一九七〇年十一月二十五日。半世紀が経った今でも、あの日のことは忘れられない。

「本気だったんだ……」という驚きが一番強かったと思う。その時は。

元来、虚弱な三島由紀夫がボディービルで筋肉をつけ、それを誇示したり、自衛隊に体験入隊したり、「楯の会」なる民兵組織（?）を結成したり……という一連の行動を、私はちょっとイジワルな、軽い気持ちで見ていた。精神性を失っていくばかりの日本社会へのレジスタンスとしては面白いかも……といったふうに思うところも少しばかりあったと思う。でも……あんな制服を着込んで兵隊ごっこみたいなことをするなんて、いくら何でもアナクロじゃない?——という気持ちのほうが強かった。

だから自衛隊駐屯地での、あの事件に接して、まず一番に思ったのは「本気だったんだ……」という驚きなのだった。

いったい、いつの頃から三島由紀夫は、自分のああいう最期（切腹、介錯人による頸部切断）を思い抱くようになったのだろう。

私は三島由紀夫の、ちょっと息を抜いた、娯楽的短編小説が好きだった。中でも『**偉大な姉妹**』

という、浮世離れしたふたごの老姉妹の話が最高だ。たぶん、三島由紀夫自身もクスクス笑いながら、なおかつ愛着を持って書いたのでは?と思わせる。

老姉妹が歌舞伎を見て、「役者の顔はもっと長くて大きくなくちや」うんぬんとケチをつけ合う描写があり、三島は「大首物の錦絵の顔は、偉大に蝕まれた美のあらはな病患を語つてゐる」「大首物の役者絵は、悉く奇怪な偉大さを持つた顔を描いてゐる」と書いている。

当然、三島は同志によってはねられた自分の首――というのもイメージしていたことだろう。「奇怪な偉大さ」をあらわすものとして。

コラムニストの大先輩である徳岡孝夫さんは当時、『サンデー毎日』の編集者で、三島由紀夫に信頼されていたのだろう、事件当日に三島から電話があり、市ヶ谷会館でＮＨＫの伊達宗克氏と共に三島の手紙と檄文を託された……。

徳岡さんは一九三〇年、大阪生まれ。三島由紀夫より五歳下。硬派ながらも、おおらかで冗談好き。大阪で生まれ育ち、庶民感情もよく心得ている教養人。文藝春秋の雑誌『諸君!』の匿名コラムが面白く、私は編集者から紹介されて、二〇一二年、『泣ける話、笑える話――名文見本帖』(文春新書)という共著を手がけることに……。楽しく張り合いのある仕事になった。「徳岡さんによって私、三島由紀大とつながった!」なあんて、ちょっと自慢気分にもなったりして。

＊

さて、話はガラリと変わって。先週「またまた鈍感発言」と題して、オリ・パラ組織委員会の前会長・森喜朗氏が「（ある女性秘書は）女性と言うには、あまりにもお年なんですが」と集会の場で発言したことに関して、私も批判的な文章を書いたのだけど……。

つい先日、何の番組だったかなあ、情報番組の中で、「あまりにお年」と言われた女の人というのが八十代のベテラン秘書で、森氏とは長年親しくしていた人ということを知った。

私は、てっきり四十代、五十代くらいの女の人と思いこんでしまっていた。新聞でもＴＶでも何歳であるかは伝えていなかったので。まさか八十代とは思わなかった。実際、森氏とは長年、冗談を言い合う仲であったようだ。

そういう事情も知らずに、勝手に四十代、五十代くらいのイメージを抱いてしまったのはウカツだった。申し訳なかった。

女はいくつになっても女だし、男もいくつになっても男だろう。生物学的に言えば。ただ、多くの男の人たちにとっては、女と言ったら限定的に性的対象を意味することが多い。性的関心を持てない女は女のうちに入らないと思いこんでいる男の人たちは、まだまだ多い。かあちゃん（母、妻）と、色気を誘う女の人たちだけが「女」という感覚――。つまらなくないですか？　物足りないと思いませんか？

――と書いていて、フト思う。女の人の中でも、そういうオヤジ体質（？）の人っているよね。若くて見た目がいい男しか眼中にないっていうふうな。財力さえあれば、喜々として男を買うような。

ほんと、男と女って難しい……。

（２０２１年４月25日号）

◉ブックセラーズ◉台湾映画の魅力◉映画アンケートから

アメリカ映画『**ブックセラーズ**』が愉しい。

ニューヨークのユニークな書店の数かずを紹介したもの。老舗だったり、ユニークな品揃えの店だったり。新奇なカルチャーが生まれると同時に、古書も尊(とうと)ぶところが嬉しい。本ばかりではなく、店主(猫までも)の様子や思いも紹介されている。

世界最高峰の個人図書館や史上最高額の本やいわくつきの本なども紹介されてゆく。

本の世界に魅せられた有名人――ジャーナリストのゲイ・タリーズや伝説的古書ハンターといわれるマーティン・ストーンや女性ブックディーラーの草分けといわれるロステンバーグ&スターンなどが次々とコメントする中で、作家フラン・レボウィッツも登場――。私、「オッ」と身を乗り出す。

『ブックセラーズ』
配給・宣伝：ムヴィオラ　ミモザフィルムズ

あの、フラン・レボウィッツも登場。

たぶん、一九八三年のことだったと思う。原宿の、表参道と明治通りの交差点そばにラフォーレ原宿というビルがあり、四階だったか大きめの書店が入っていた。品揃えがいいように思って、たびたび立ち寄っていた(私もミーハー。楠田枝里子さん、村上春樹さんを目撃したことも)。

ある日、その書店で目にとまったのがフラン・レボウィッツの

『どうでも良くないどうでもいいこと』（小沢瑞穂訳、晶文社）という本だった。いかにもナマイキそうな著者の写真に惹かれたんだか何だか、買って読んでみて、おおいに共感。興奮した。（ずうずうしい言い方になるが）私の思いや好悪の感覚をカッコよく代弁してくれているようにも感じた。それ以前の『嫌いなものは嫌い』（同）も買って、やっぱり面白く読んだ。

あれからザッと三十数年。映画『ブックセラーズ』に登場のフラン・レボウィッツ……相変わらずの辛辣さ。言論界をシッカリとサバイバルしてきたのね、ホンモノだったのね……と嬉しい。何だか、また一段と顔が伸びたような気もするけれど……。ひとのことは言えないか。

おっと、この映画、字幕翻訳担当は齋藤敦子さんだ。今は無くなってしまったフランス映画社（戦前からヨーロッパ映画を次々と日本に紹介した川喜多家の会社）のメンバーだった人。さすが。愉しく贅沢感あふれる映画を紹介してくれた。ありがたい。

俄然、東京の古書店街——神保町に繰り出したくなった。と同時に、今は亡き坪内祐三さんが親しくしていた古書店主たち——それぞれに愉快でユニークな人たちに久しぶりに会いたくなった。みな、ちょっとばかり浮世ばなれしているのよ。

*

中国には警戒的でも、台湾には好感を寄せているという日本人は少なからずいると思う。私もその一人。

何しろ台湾映画——とりわけ、**侯孝賢（ホウ・シャオシエン）監督作品**になじんできたから。『冬冬（トントン）の夏休み』（'84年）、

侯孝賢監督

『童年往事 時の流れ』（'85年）、『悲情城市』（'89年）、『戯夢人生』（'93年）……。一九八〇年代から九〇年代にかけての、胸に深くしみる快作の数かず。古きよき日本映画を観るかのようだった。

台湾に行ったこともないのに、侯孝賢監督映画は、何か、懐かしさまで感じさせた。私と同世代ということもあったろうが。中国や香港の映画とは違う、つつましく繊細な感情表現や風土の描写にも惹かれた。二〇一五年の『黒衣の刺客』以後、新作が見られないのが、ちょっと淋しい。

私の親友Mちゃんのお母様は、女学校時代まで台湾で暮らしていたとかで、しきりに台湾を懐かしんでいた。昨年の夏、フイッと亡くなってしまったのだけれど（電気掃除機を片手に握ったまま。キレイ好きらしくね）。それで、Mちゃんとは「いつか台湾に行ってみたいね」と言い合っているのだが……そこで、ついつい思い出してしまうのが向田邦子さんのこと。

今から四十年近く前の一九八一年八月二十二日。台北発、高雄行きの飛行機に乗っていたところ、機体の不具合により墜落。乗員乗客百十名全員が死亡という大惨事に。向田さんは、まだ五十一歳だったという……。

台湾というと、そのことが連想されてしまい、腰が引けてしまうわけだが……。侯孝賢映画の地を、Mちゃんと共に訪ねてみたい。いつか、きっと。

＊

そんな中、四月十日の朝日新聞の「**日本映画派？　外国映画派？**」という見出しのアンケート記事に目が留まった。

アンケート回答者数は一五三四人だという。「あなたは日本映画派？　外国映画派？」という質問に対しては、外国映画派62％、日本映画派38％。

「どこの国の映画が好き？」という質問には、やっぱりアメリカ（一二六一人）で次がイギリス。ついでフランス、韓国、中国……というふうで、イタリアやドイツが入っていないのが意外。

「日本のかつての映画会社の得意分野、どれが好き？」という質問には、うーん、やっぱり。「寅さんなど松竹ホームドラマ」というのが、断然、一位。「寅さんを見ると夏だなあとか、正月がくるなあと季節感を感じさせてくれた」（大阪、71歳男性）というコメントにハッとした。

次に「東映時代劇」。同じく二位に「東宝サラリーマン作品」。四位は「東宝のゴジラシリーズ」。五位は「吉永小百合の日活青春作品」……と続く。回答者たち、きっと団塊世代が中心だったのでしょう。

「外国語の映画を見るとしたら？」という問いに対しては、73％が「字幕」、27％が「吹き替え」と回答。私も断然「字幕」派。外国スターの声が聞きたいものね。字幕慣れしているから苦にならない。

「映画のない人生は考えられない。人生でつらいことや寂しいことがあった時、一番力を与えてくれたのは映画だった」という、東京の八十二歳の女の人のコメントに、ホロリ。

ほんとう、「映画のない人生」なんて！

私が最初に「映画ってスゴイ！」と思ったのは、ディズニーのアニメ『バンビ』。森の中の描写から、やがて小さなバンビが細い脚で立ちあがる――その描写のリアルさ、かわいらしさにビックリ。ほんと、しんそこ「感動」した。

今ちょっと調べてみると、『バンビ』は、アメリカでは一九四二年の夏に公開されていたんですね。ってことは第二次大戦中。余裕しゃくしゃく。日本公開は一九五一年というから九年も後。

私が見たのは、さらに後の一九五六年くらいだったのでは。私は小学生。浦和駅近くの洋画専門の「浦和オリンピア」で。二歳下の妹を振り切って、クラスメートといっしょに見た。あまりに『バンビ』がすばらしいので、いっしょに見られなかった妹が気の毒になって、売店で買ったチョコレートを食べずに、妹へのオミヤゲにした……。

「映画ってやっぱり、いいもんですねえ」と思う。


（2021年5月2日号）

◉南北の一大ロマン◉丸の内の靴みがき◉アメリカン・ユートピア

人生初の引きこもり生活もザッと一年ということになった。我ながら、よく耐えてきたと思う。今や「コロナ慣れ」してしまったかのよう。

ニュースを見れば、東京の感染者数は、また増加傾向になっているのだけれど、「これじゃあ経済が回らない」というわけで、さまざまな対策をとりつつの営業。座席を一つおきに並べるとか、閉店時間を繰りあげるとか。ほんと、涙ぐましい努力の数かず。

そんな中、友人からのお誘いがあって、歌舞伎座の「四月大歌舞伎」を観に行くことに。

四月の歌舞伎座は三部制で、最後の第三部の演目は『**桜姫東文章**』——。友人は、私が最も好きな演目だということを知っていたので、誘ってくれたのだ。

ヒロインの桜姫が坂東玉三郎（厳密に言えば一人二役）、桜姫と深いかかわりを持つ清玄と釣鐘権助が片岡仁左衛門の一人二役という、今の時代、ベストの配役。確かに見逃せない。

久しぶりの歌舞伎座。シートは一つおきに空席を取ってのディスタンス。もちろん全員、マスク。当然、連れとは話しづらく、おのずから浮かれた気分は乏しく、静か。

緞帳の上部には春らしく作り物の桜が飾られている。それを見て、フッと目頭が熱くなってしまった。泣きそう。自分でもちょっと驚く。いったい、なぜ？　一年ぶりに華やかな世界に触れられるという嬉しさの暴発か、ちぢこまって暮らしてきた日々への憤懣が噴き出したのか？　よくわからない。

やがて幕があく。そこは、はい、作り物の別世界——。

『桜姫東文章』って「超」がつく程、アナーキーなドラマなんですよ。作者は『四谷怪談』で有名な鶴屋南北。

片岡仁左衛門

坂東玉三郎

何しろ、ホモセクシュアルの若者カップルの心中から始まり、しとやかなお姫様が女郎になって、最後はキリリと御家(おいえ)再興を誓うみたいな、とんでもない話。「聖」と「俗」というのが極端な形で展開される。耽美でありながら、ある意味、爆笑もの。

私が歌舞伎に目ざめた七〇年代初め、三一書房からズシリと重い『鶴屋南北全集』全十二巻が続々と出版された。「桜姫東文章」が入っているのは第六巻。読んでも、すごく面白いんですよ。私が最高にウケたのが、桜姫が女郎に落ちて、お姫様言葉と女郎言葉をミックスした、妙な言葉づかいになるところ。

それが、今回の歌舞伎公演では全然、出てこなかったのでアレッ!?と思ったのだけれど……歌舞伎座で買ったプログラムをよく見たらそもそもタイトルに『桜姫東文章　上の巻』とあり、六月に『下の巻』の公演があるということを知った。私の早トチリ。

私、映画でも歌舞伎でもストーリーは忘れがち。ディテールのほうが記憶に残る。ちゃんと「続き」として観られるのね。嬉しい。納得しました。噂では、若い女子の間で評判になっているという。

＊

足元磨いて半世紀

四月十七日、朝日新聞夕刊の「『日本一』の場所と客　足元磨いて半世紀」と題した記事に目がとまる。

ＪＲ東京駅の丸の内。北口近くで五十年にわたって靴みがきの仕事をしているというパブロ賢次

パブロ賢次さん。靴みがき生活、半世紀——。

さん、七十歳。

駅舎に向かい合うようにパイプ椅子を置いて、八種類の靴墨を並べ、これまた磨きあげる布も八種類……。両親が東京駅前で靴みがきをしていたのを引き継いだ。客のうち約八割は常連だという。「うちに来る客は、だいたい出世していくんだ」とも。

コロナ禍で売りあげは三、四割減ったという。オンライン会議などのテレワークが増えたし、革靴ではなくスニーカーで通勤する人も増えた。時代の変化。

それでもパブロさんは「困った時は何げなく助けてくれる。場所も日本一なら、お客も日本一。この場所に来るのが楽しみなんだ」と言う。

記事に添えられた写真を見ると、なかなかのオシャレ。英国紳士風（?）カジュアルファッション。さすが……。

そういえば、銀座・有楽町かいわいでも靴みがきの人をパッタリ見かけなくなったなあ、いったい、いつ頃からだったろう。思い出せない……。

私が近頃、思い出せなくてジレったい思いをしているのが、路上にあった公衆電話ボックス。今や銀座では一つも見かけなくなった。公衆電話には、さまざまな思い出がこびりついているのだけれど、公衆電話という言葉自体、もう死語か。

＊

アメリカ映画『アメリカン・ユートピア』が愉しい。

元「トーキング・ヘッズ」のデイヴィッド・バーンが二〇一八年に発表したアルバム『アメリカン・ユートピア』のワールドツアーを終えた後、ブロードウェイのショーとして作り直し、映像化したもの。デイヴィッド・バーンが指名した監督はスパイク・リー。

デイヴィッド・バーンは一九五二年生まれ。ってことは今や、エッ、六十八歳⁉ 確かに白髪、いや銀髪になっているものの、昔のイメージ通り。強いまなざしも健在だ。

ステージにはデイヴィッド・バーンの背後に、同じグレーのスーツを着た男女数名が楽隊ぽくいる。よく見ればデイヴィッド・バーンも楽隊たちも靴を履いていない。裸足。面白いな、愉しいな、と思う。文明社会の中での野性を象徴しているかのよう。時どき展開されるダンス（いや身体表現?）も、またクールさと同時に野性も感じさせる。妙な懐かしさも。

監督スパイク・リーはデイヴィッド・バーンに敬意を表してか、自分の色を前面に押し出すことなく、きっちり、スマートに仕上げている。

とにかく全編、カッコイイです。おすすめします。

ところで……と、急に下世話な話になるのだけれ

金髪になってもカッコいいデイヴィッド・バーン！

『アメリカン・ユートピア』
BD&DVD 発売中
発売元：NBCユニバーサル・エンターテイメント

ど、デイヴィッド・バーンは一九八七年、日本人と独系米国人の両親をもつアデル・ラッツ（別名バニー・ラッツ）と結婚したのよね。一子をもうけたものの、結局、二〇〇四年に離婚……。

アデルの妹がティナ・ラッツで、日本在住時代はファッションモデルとして大人気。お姉ちゃんのアデルは正統派のエレガント美女だったけれど、妹のティナは明るくキュートな美女だった。モデルとしてファッション誌の表紙を飾ったり、資生堂のCMモデルに起用されたり。私もファンの一人だった。

二十二歳の時、ロンドンのセレブ御用達レストランの経営者マイケル・チャウと知り合い、結婚。二子をもうけたものの、その後、離婚。エイズの宣告を受ける。一九九二年、四十一歳で亡くなった……。

あのハツラツ美女のティナ・ラッツが！と、ファンだった私は、おおいに驚き、悲しんだものです。

そんな記憶も重なって、デイヴィッド・バーンの『アメリカン・ユートピア』の世界にしみじみ。

（2021年5月9・16日号）

◉中韓パワー◉メカ嫌い◉『黄昏のビギン』

2021年4月

四月二十六日。夜九時からWOWOWの『アカデミー賞授賞式』を観る。

いつもだったら映画好きの友人といっしょにTVに向かってヤジを飛ばしながら観るのだが……

さすがに今年は集まることなく一人で。

アカデミー賞の会場自体も、いつもと全然違う場所（駅の構内だとか）。複数のテーブルを距離を置いて配し、そこにノミネートされたスターや映画関係者が座っているというかたち——。式典というより、ちょっとしたパーティのように見える。

おおかたの予想通り、そして私の期待通り、『ノマドランド』が作品賞、監督賞、主演女優賞を獲得。嬉しい。

主演のフランシス・マクドーマンド、ほんとうにいい女優なんですよ。一見、ゴツイおばさん風。心身ともに「強い女」なのだけれど、その芯にはデリケートな情がある、愛がある——そういう役柄にピッタリ。何とも言えない、微妙なおかしみもかもし出せるし、ね。好き。

監督は、中国生まれでアメリカに渡ったクロエ・ジャオ。三つ編みおさげが妙に似合う女性監督。もう若くもない女が一人で職を求めて各地を転々とする車上生活者になってしまった。同じような車上生活者たちとの感情の交流や助け合いはあっても、おおもとは、ひとり……。アメリカの光と影が、さりげなく、しかも胸の奥にしみ渡るタッチで描かれてゆく。

車上生活者たちの暮らしぶり。めったに描かれることがなかったアメリカの一断面。さまざまな思いをかきたてる快作です。

今回、『ノマドランド』と共に注目を集めたのが韓国からアメリカに渡った移民一家の暮らしを描いた『ミナリ』。

荒れた土地の中の〝ポツンと一軒家〟。黙々と土地をたがやし、大自然の気まぐれと闘う一家の姿が、重心低く淡々と描かれてゆく。宮沢賢治の「雨ニモマケズ」の世界ですよ。アメリカ人のおもとも、また、こういう大自然の脅威と闘い、切り開いていったんだろうなあ、と思わずにいられない。地道なフロンティア・スピリット。上出来の映画です。

というわけで、今回のアカデミー賞は、中国色、韓国色、そしてプロフェッショナルな女たちが強い印象を残す回となった……。どうする日本映画!?

＊

まったく私事で恐縮ですが……先週はファクスの不調で大混乱。

今やライターの多くはパソコンを使っているようなのだが、私は頑（かたく）なに原稿用紙（満寿屋の二百字詰め）に鉛筆（三菱ユニ、2Bか3B）で書いて、ファクスで送っている。担当編集者には迷惑だろうが、このスタイルを変える気はない。

長年、体にしみついてしまっているうえに、原稿用紙という物自体が好きなので。手書きだと、自分の健康状態もわかるような気がする。いつものような字体にならないんですよね。イキオイもつかず、ぎこちない字になってしまう。

編集者の方がたには感謝している（たぶん、パソコンに打ち直すという手間をかけさせていると思うので）。

機械（メカ）嫌い。特に電気関係。突然のファクス故障に大あわて。いつものように、長年おなじみのI電器に連絡。結局、ファクスの不調は経年劣化のためだと知り、新しいファクスに替えることに。たった七年の寿命だった……。

I電器のI氏は、たぶん団塊世代。芸能好き。とりわけ浪曲好きで、玉川奈々福さんの大ファン。

2021年4月

いわゆるグルーピー。

奈々福さんは、もともとは有能な編集者だった。私も一冊、担当してもらったことがあり、このコラムでも、奈々福さんの著書二冊（『語り芸パースペクティブ』『浪花節で生きてみる！』）を紹介させてもらった。私は、つい、I氏にそんな話をしてしまい、おおいに羨ましがられている。

奈々福さん、ご威光を利用してしまっているようで、ごめんなさい。

＊

つけっぱなしのTVから胸にしみる歌が流れてきた。昔、ちあきなおみが歌ってヒットした『黄昏（たそがれ）のビギン』。作詞・作曲・中村八大。当初は「作詞・永六輔」と言われていたが、実は作詞も中村八大だったという。

私は『黄昏のビギン』といったら、ちあきなおみ――と思い込んでいたのだけれど、もともとは水原弘が歌ったもので、その頃は特に評判になることもなかったのだけれど、一九九〇年代に入った頃（つまり昭和が終わってまもなくの頃）、ちあきなおみが歌い、じわじわと複数の歌手たちが歌うようになって、スタンダード・ナンバーのようになっていったみたいなんですね。

私は知らなかったが、木村充揮（あつき）や菅原洋一や鈴木雅之や薬師丸ひろ子など多くの人たちによって歌い継がれているのだった。名曲ですね。

女の歌とも男の歌とも思える。圧倒的に懐かしさがこみあげる。若き日の私にもこんなシーンが確かにあった……!?

もう何年も前から「歌謡曲」というジャンルは、ほぼ消失。曲と歌詞が混然一体となって、ある「情景」が思い浮かび、その世界に引き込まれる——といったふうの歌には、めったに出会えなくなってしまった……。

この『黄昏のビギン』が流れるのは、納骨堂のＣＭソングとして——というのが、うーん、何だかなあ。淋しいような、ほほえましいような。とにかく、あの名曲をよみがえらせてくれて、嬉しい。

これを書いている今日は四月二十七日。二日後には「ゴールデンウイーク」ということになるわけだが、なにぶんにもコロナ禍で遠出はマズイだろう。緑が恋しくてたまらないのに……。仕方ない。部屋の整理整頓と衣替え作業にいそしむか。今まで生きてきた中で、きっと最も地味なゴールデンウイークになりそう。

「戦争を知らない子供たち」世代の私だが、祖父母や父母から、少しばかり戦時下の暮らしについては聞かされていた。「戦時下の苦労や味気なさを思えば……」なあんて思って、辛抱している。

久世光彦さんの本のタイトル『早く昔になればいい』を、しきりに思い出しながら——。

（２０２１年５月23日号）

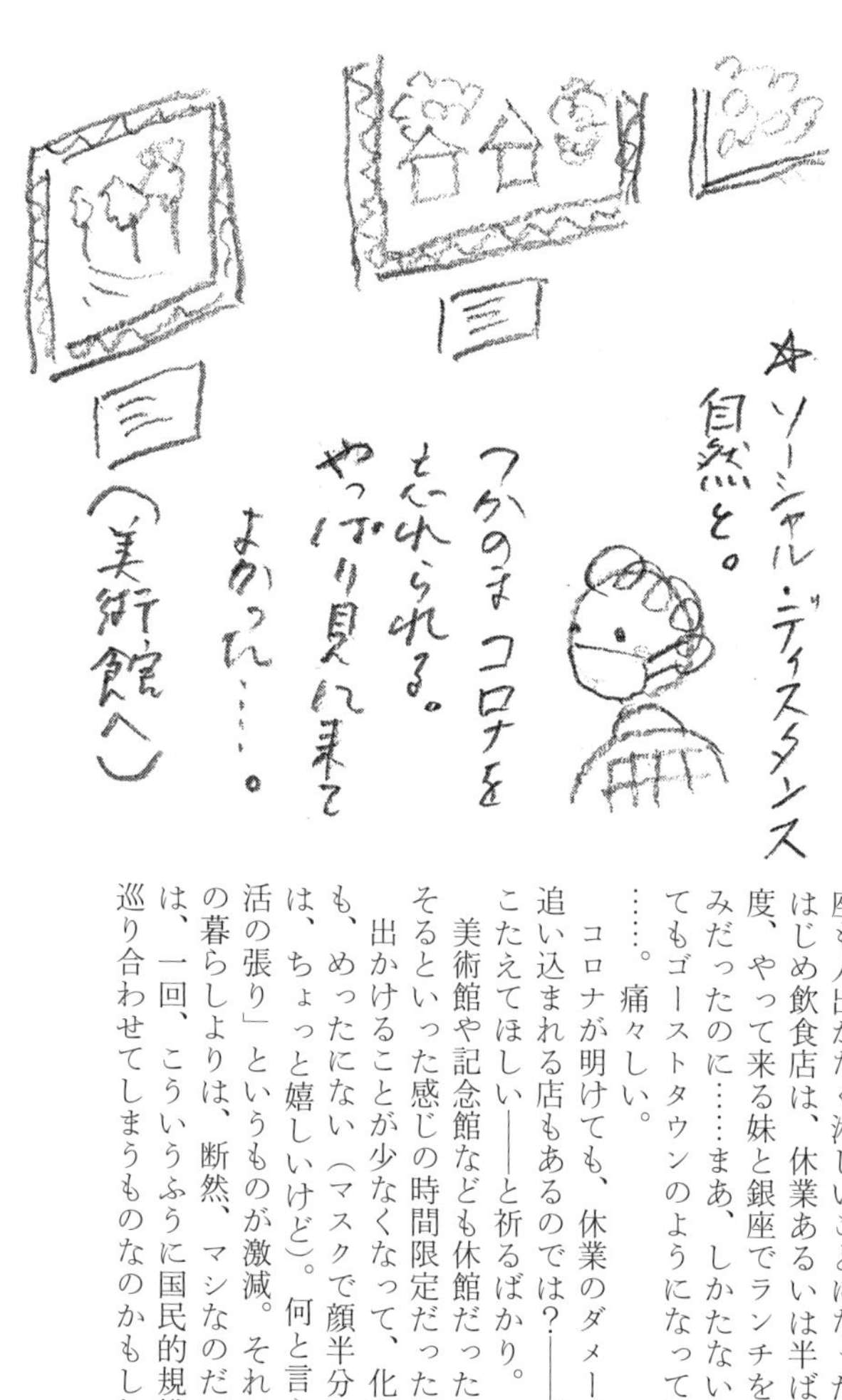

四月二十五日から東京は「緊急事態宣言」。銀座も人出がなく淋しいことになった。デパートをはじめ飲食店は、休業あるいは半ば休業。週に一度、やって来る妹と銀座でランチをとるのが楽しみだったのに……まあ、しかたないか。それにしてもゴーストタウンのようになってしまった銀座……。痛々しい。

コロナが明けても、休業のダメージから廃業に追い込まれる店もあるのでは?――。何とか持ちこたえてほしい――と祈るばかり。

美術館や記念館なども休館だったり、おそるおそるといった感じの時間限定だったりする……。

出かけることが少なくなって、化粧をすることも、めったにない(マスクで顔半分をかくせるのは、ちょっと嬉しいけど)。何と言うか……「生活の張り」というものが激減。それでも、戦時下の暮らしよりは、断然、マシなのだろう。人生には、一回、こういうふうに国民的規模での災厄に巡り合わせてしまうものなのかもしれない。

2021年5月

春雨や正解はなき浮世かな

◉ガラーン。シーン。◉あのタイル塀◉ファニーフェイス◉不運のクマ

新型コロナウイルスは、もはや地球一周。何て執拗なウイルスなんだろうと呆れ返る。

日本は比較的、感染を抑え込んでいるほうだと思うけれど、七月開催予定の東京五輪は無理なのでは？と思わずにいられない。新聞各社の東京五輪に関する世論調査でも、「中止」あるいは「延期」を望む人が今や半数を超えている。

東京五輪に向かって懸命な努力を重ねてきた選手や大会関係者たちにとっては、心底辛いことだろうと胸が痛む。経済的ダメージも大きい。せめて「再延期」ということにならないものか。

来年に延期すれば、特効薬が開発されているんじゃないか？と期待して……。うーん、やっぱり甘いか。

話変わって。**大相撲五月場所**（両国国技館）のTV中継を見ると悲しくなる。今年初の（三日目までという限定つきだが）無観客開催で、場内ガラーン。もちろん掛け声も拍手もない。シーンとした中での対戦。味気ない……。

相撲観戦の楽しみは土俵の上だけではない。掛け声を飛ばしたり、お弁当を食べたりという、まったりした客席の空気も、相撲ならではの遊興気分で大きな魅力なのだと、あらためて思う。

お相撲大好きだったツボちゃん（坪内祐三さん）が**無観客対戦**を見たら、さぞ驚き、悲しむことだろう。

引きこもり生活の中で、ついついTVのワイドショーを観ることになるのだが……。観ていてイラつくのが、眞子様の婚約者・小室圭さんとその母・佳代さんの言動。失礼をかえりみず書くが、セレブ志向（？）の母と、その忠実な息子のように、見える。私が、たぶん、最も苦手としているタイプかもしれない。

それなのに、イラつきながらもついついTVで観てしまうのは、なぜだろう。「女のピカレスク・ロマン」のようなものを感じるせいか？ それとも私とまったく逆の欲望と美意識の持ち主のようなので好奇心をかき立てられるのか？ とにかく不思議な、母と息子の固い絆。結婚しても、そこに割り込むのは大変なのでは？――と、まさに「老婆心」。

＊

そうそう、もう一件、「女のピカレスク・ロマン」系の話が。

TVのワイドショーを見ていたら、「三年前の紀州のドン・ファン事件」がどうこうと言うので、一瞬「エッ、どんな事件だったっけ？」と思ったのだけれど、ドン・ファンの〝豪邸〟のハデな幾可学模様のタイル塀が映し出された瞬間、パッと鮮やかに思い出した。当時、ずいぶんハデな塀だなあと強く印象に残っていたので。

何しろ亡くなったのが『紀州のドン・ファン――美女4000人に30億円を貢いだ男』（講談社＋α文庫）という自伝の主。遺産は約十三億円とか。その突然の死には早くから疑惑が持たれていた。

案のじょう(?)、今回、二十代の元妻が「覚せい剤取締法違反」の容疑で逮捕された。TVは「待ってました」とばかり、覚せい剤を使った殺人をにおわせ、私も「おおいに怪しいよねー」なんて思ってしまう。

当然のごとく、若い元妻のプロフィールも詳しく紹介される。粗っぽい上昇志向。野心まんまん。ハデ好き。カネカネカネ……。

私としては、紀州のドン・ファン＝野崎幸助氏の愛犬・イブちゃんに対する毒殺疑惑——というのが、ひとごとながら一番、許せないのだけれど。

それにしても……紀州といったら、在野の「知の巨人」南方熊楠(みなかたくまぐす)を育てた地——。昭和天皇に粘菌の標本を、キャラメルの箱に入れて献上したというエピソード、私は好き。南方熊楠顕彰館があるというので、和歌山県・田辺はいつか訪ねてみたいと思っていたところ。コロナ明けには、熊楠顕彰館と、野崎邸のハデ・タイル塀を見物しに行ってみたいものだが……いつになることやら。

＊

昨年十月。東京・新宿武蔵野館で『ジャン＝ポール・ベルモンド傑作選』と題したリバイバル上映があった。その上映が好評だったのか、『ジャン＝ポール・ベルモンド傑作選2』と題して、第二弾が上映される。場所は前回と同じ新宿武蔵野館。

前回に「次に観たいベルモンド出演作」を募る「ベルモンド映画総選挙」を実施したところ、第一位だったのは『リオの男』（'64年）だったという。

そういうわけで、今回は『リオの男』『カトマンズの男』（'65）、『相続人』（'73年）、『エースの中のエース』（'82年）、『アマゾンの男』（'00年）の五作品が、次々と上映されることに。

観客はきっと男ばかりなんだろうなあ、と思う。『相続人』以外は、いわゆるアクション映画だから……。正直言って、私、アクション映画ってあんまり興味がないんですよね。特に爆破場面。「あとかたづけが大変だあ〜」と思ってしまう。「破壊の快感」というのが、もうひとつ、わからない。たぶん、女の人の多くも同様だと思う。

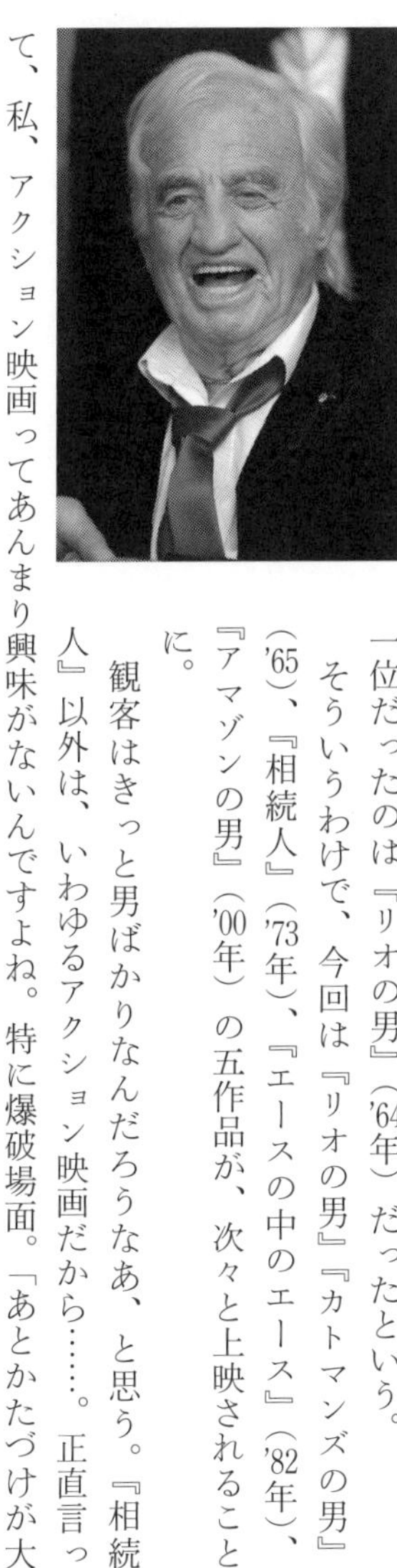
J=P・ベルモンド。こういう風変わりな顔の持ち主を愛したフランスもエライと思う。

J=P・ベルモンドのアクション映画は、体を使った比較的おだやかなものだけれど、興奮度はやっぱり男の人のほうが強いだろう。私はひたすら、J=P・ベルモンドのファニーフェイスに見とれている。面白いばかりではない、「粋」なんだよね。

J=P・ベルモンドも今や八十八歳！　人気を二分したアラン・ドロンも八十五歳……。お達者で何より。

P.S.　J=P・ベルモンドは二〇二一年九月六日に亡くなった。

2021年5月

＊

ところで……話、ガラッと変わりますが、五月九日の毎日新聞に「北陸新幹線　クマと衝突」という見出しの小さな記事に目がクギヅケ。

五月八日の午後二時半頃、軽井沢－佐久平間を走行中の北陸新幹線「はくたか565号」が、線路上にいたクマ一頭と衝突。クマは上り線と下り線の間で動かなくなって、死んだ――という胸痛む記事。

クマは走って来る列車の気配に気づかなかったのだろうか。どこか体が弱っていたのだろうか。子グマだったのか、それとも老いたクマだったのか。JR東日本新幹線の統活本部では、クマがどのように線路内に入り込んだかなどを調べているという。まあ、それだけの小さな記事だけど……。

ザッと二十年くらい前まで、高校時代からの親友K子と、たびたび山歩きやスキーを楽しんでいた。

山歩きで一番おそれていたのが、クマ。リュックにクマ除けの鈴（のようなもの）をつけてはいたものの、突然、鉢合わせしたらどうしよう……と、それが一番の気がかりだった。

それと同時に子グマだったら出合いたいなあ、見たいなあという気持ちも。子グマって凄くかわいいじゃないですか。姿かたちも、しぐさも。私、恥ずかしながらテディベアのぬいぐるみ（ドイツのブランド物のシュタイフ製よ）、はい、いくつか持ってます。

住宅地に現れたツキノワグマ。よっぽど、ひもじかったのか？

（2021年5月30日号）

◉うっせぇ、うっせぇ◉女と笑い◉さまよいの果て◉せめてもの、花◉バラ園から

夜遅く。漫然と見ていたTVから、「うっせぇ、うっせぇ、うっせぇわ〜」という若い女の子の歌が流れてきた。私、ぐんにゃりとソファにもたれかかっていた体をガバッと起こし、画面に見入る。面白い。好き。

どうやら、Ado(アド)という名の高校生シンガー（十八歳）がYouTubeで配信したのが人気を呼んでいるらしい。

歌詞から察するに、表面的には「優等生」「模範人間」寄りにふるまっているのだけれど（そこが一九八〇年代のチェッカーズ「ちっちゃな頃から悪ガキで……」と大違い?）、内心、大人たちにも社会にも憤懣を抱えていても、ちょっとした〝不良〟にすら、なれないというイラだち。閉塞(へいそく)感。

はい、少しばかりわかるような気がします。若い頃の私は「いい子」ではなかったけれど「ワル」にもなれなかった。その中途半端さにイラだっていたから。

ところで……今どきの若い男の子（二十代）、ずいぶんと清潔感漂う感じになってきたような気がする。顔も小さめに、脚も長めに。おもに銀座近辺で見かける若いサラリーマンを見ていて、そう思う。髪形も顔立ちもスッキリ、サッパリ。サラリーマンでもカジュアルになってきた（八〇年代のバブル期。淡い色のダブルのスーツの男たち……悪夢だった）。

さて、話は変わって……先日、ある雑誌の企画で、放送作家・高田文夫さん、タレント・清水ミチコさんと私の鼎談あり。例によって高田さんの早口トークと「笑い」に関するウンチクの凄さに圧倒されてしまい、清水さんに話したかったことがあったのに忘れてしまった。

＊

五月十七日深夜。日本テレビ系『NNNドキュメント――高齢者ギャンブル依存～さまよいの果て～』を、ついつい最後まで見てしまい、ひとごとながらも胸が痛んだ。

鹿児島読売テレビ制作の三十分のドキュメンタリー。ある日、テレビ局の報道部に七十七歳の男の人から「ギャンブル依存の弟（六十七歳）を何とかしてほしい」という電話がかかってきたことから、報道部は、その弟を密着取材することに――。

ギャンブル狂いの弟は以前に結婚したことがあり、子どももいたのだが、今や音信不通。母と二人で暮らしてきて、母の年金をギャンブル（競輪・競馬）で食いつぶし、母が逝ってからは自分の年金を注ぎ込み、ついにガス・水道・家賃を滞納という状態。

それでもギャンブルはやめられず、「（ギャンブルは）生きがい、生きているあかし」とまで言う。お兄さんが心配しているのも無理もない……という、つらい話。

＊

もう一人。元高校教師という七十三歳の男の人は、パチンコ狂いに。二千万円以上、使ってしまい、兄に説得されて病院に。結局、生活保護を受けるようになった。

今は、やっと落ち着いて、子どもたちとスマホでメールを送り合い、孫の写真を見るのが楽しみとか。少しホッとした。

歳を重ねても、おだやかに枯れてゆく（小津映画における笠智衆ふうに⁉）ということ、けっこう難しそう……。

と書いて思い出した。小津安二郎って、ほんとうに妙な人ですよ。和モダンアート風とでも言うべき端正な画面作りでも知られた監督ですが、生まれたのが一九〇三年の十二月十二日。亡くなったのが一九六三年の十二月十二日。キチッと「還暦」の六十歳。スゴイでしょ。もちろん自然な死なのに自分の生死の日付までもキレイに揃えちゃうんだもの。なかなかできない芸当です。

＊

近くのスーパーに行く途中、コンクリート道路の端のわずかな割れ目（というより、ハガレ？）に小さな青い花がパチッと一輪、咲いていた。

オオイヌノフグリだ。その名称、いったいどういうつもりでつけられたのか（フグリって陰嚢（いんのう）のことよね）？　昭和の昔だったら、道ばたや空き地に、いくらでも咲いていた、カワイイ花。ピンク、赤、白、黄といった花はいろいろあるけれど、青い花というのは少なく、「道ばたの花」であっても、私はオオイヌノフグリが好きだった。足もとで笑って私を見あげているような感じもして。

2021年5月

十歳ごろのことだったろうか、庭の矢車草の前で、母と妹と私が笑っている写真がある。撮ったのは、たぶん、父だったろう。矢車草はピンクと薄ムラサキだったと思う。こんもりと茂って、花を咲かせていた。私と妹は母が編んだピンクの半袖セーターね……。

コロナ禍でも花はダメージを受けていない。ステイホームということが多くなって、「せめて花でも」と思って買う人が多くなったという。わかる、わかる、その気持ち。

オオイヌノフグリ。パチッと咲く青い花。笑っているかのよう。

フト思い出す。高校（女子校）の頃、生物のオヤジ教師が「みなさん、花を見てキレイだのカワイイだの言って嬉しがりますが、花って性器なんですよ」と笑いながら言って、私たち生徒、笑うどころかシーンとなったのを今でも思い出す。乙女心にケチをつけられたかのようで？

植物ばかりではなく犬や猫はコロナに感染することはない、というのが救いだったのに、最近「猫コロナウイルス」というのがあることを知った。感染しても重い症状を起こすほどではない、というのが救い。犬は今のところ、まだOK？

＊

フランス映画『**ローズメイカー　奇跡のバラ**』は、コロナ鬱を吹き飛ばすには効果があるかもしれない。何しろフランスの郊外の広大なバラ園が舞台の映画なので。目の保養。

ザッとあらすじは、こう。バラ園のぬしであるエヴ（ベテラン女優のカトリーヌ・フロ）は、新種のバラの開発で数かずの賞を獲得してきた。いわゆる職人肌。数年前から巨大企業の進出に頭を悩ませていて、今や倒産の危機に。

何とか逆転したいところだが、下働きとして雇った若手は役立たず……。はたして、奇跡のバラは生み出されるのか？——という話。

広大なバラ園に胸が広がる気持ち。

『ローズメイカー 奇跡のバラ』
デジタル配信中　DVD発売中
発売・販売元：松竹
THE ROSE MAKER ©2020 ESTRELLA PRODUCTIONS-FRANCE 3 CINÉMA-AUVERGNE-RHÔNE-ALPES CINÉMA

広々としたバラ園。大きな空。開放感たっぷり。これが何より。新種のバラ作りのプロセスも興味を引く。おばちゃんヒロインのファッションも、さりげなくオシャレ。

（2021年6月6日号）

◉四肢名の妙◉東京の探偵たち◉謎の老人

大相撲夏場所（両国国技館）は何とか無事に終わった。相撲関係者にとっては薄氷を踏む思いの十五日間だったろう。

TVに映し出された初日の館内風景は、せつないものだった。土俵まわり、わずかに関係者がいるだけ。歓声も拍手もほとんどナシ。淋しいったらない。相撲というものの愉しさ——他のスポーツ競技とは一味違う、ゆるっとした遊興的な気配（けはい）。それは観客たちも一体となって生み出されてい

優勝決定戦で貴景勝（下）にはたき込みで勝利した照ノ富士。

千代丸

るものなのだ……と、あらためて痛感。

ただでも横綱（白鵬）を欠く場所となってしまったわけだが、千秋楽では貴景勝が照ノ富士を突き落としで勝ち、優勝決定戦にまで持ち込んだ。決定戦ではアッサリ負けてしまったけれど……。

照ノ富士は今まで優勝決定戦となったことが三回あって、そのすべてに負けていたのが、今回ついに勝った。だいぶ自信がついたのでは？　淋しい場所ではあったものの、とにかく無事に終わることができた。それが何より。

そうそう……コロナとは関係ないが、アナウンサーと北の富士さんの会話の中で、四肢名に触れていたのが面白かった。北の富士さんは「近ごろ、山や川や海というのを入れた四肢名、なくなってきたねえ」と指摘。それ、私、かねがね（少しばかりだが）不満に思ってきたことなんですよね。

貴景勝は好きな力士だけれど、その四肢名から「絵」が浮かばないのと、画数が多くて暑苦しい感じなのが残念。

日本画的風景（できれば郷里にちなんだもの）が思い浮かぶようなネーミングが好き。朝乃山という四肢名は風貌にもよく似合っていてナイスなネーミングだと思う。高安や遠藤のように本名そのままの力士もいる。コテコテ四股名の中にあって、逆に目立つ。好感。

しかし、何と言っても（私にとって）最良のネーミングと思えるのは、千代丸。コロッとした姿かたち、つぶらな瞳……ピッタリだと思う。彼がTV画面に映し出されると、つい、「千代丸ちゃん！」と呟かずにはいられない。ちゃん付けになってしまうのは……うーん、やっぱり老化現象？

――と書いていて、フッ!?と思い出した。一九七〇年代末、大関だった魁傑。私、ファンでした。画数、多いけど、浅黒く長身、生まじめそうな風貌によく似合ったネーミング！と感心。一度、両国駅のホームで見かけたことあり（←自慢）。引退から、何年か経った頃。地味なスーツ姿で、おとなしく電車を待っていた。気づく人も他にいなかったように思う。大乃国を横綱に育てあげ、二〇一四年、六十六歳で亡くなった。早すぎる……。

＊

月刊誌『東京人』六月号が面白い。「**江戸東京　探偵散歩**」と題した大特集。表紙は江戸川乱歩が浅草十二階（明治二十三年～大正十二年まで実在）の前で黄金の仮面を手にしている絵。もう、この表紙からしてワクワク。

入手したばかりで、まだ一部しか読んでいない状態なので気が引けるが……傑作ミステリーの探偵たち（もちろん虚構の人物たち）と、かかわり深い町をテーマにしたもの。もちろん（!?）名探偵・明智小五郎が初めて登場する『D坂の殺人事件』（'25年）も大きく取りあげられていて、D坂とは本郷にある団子坂と明かされる。乱歩自身、作家デビュー以前に、その地で二人の弟と共に「三人書房」という古本屋を営んでいたという。

『押絵と旅する男』の舞台は浅草なのは有名だけれど、名探偵・明智小五郎は東京唯一の西洋風アパート「麴町アパート」の二階を事務所兼住宅としたという設定だったのは知らなかった。

山田風太郎（1970年）。晩年にお宅を訪ねてインタビューしたことあり。とても謙虚な人柄だった。

『少年探偵団』に出てくる大鳥時計店というのは、もちろん銀座の和光……。

さて。私が以前から、ずうっと気になっているのが、新橋駅前から虎ノ門方向に歩いて行く途中にある四、五階建ての、ごく古いビル。見あげると屋上が塔のようになっている。ついつい、その塔のようなところで怪人二十面相が、黒いマントをひるがえし、笑っている姿を想像せずにはいられないのだ。そのビルは令和の今でもある。一度でいい、あのビルの塔にあがってみたい。

小学生の頃、たまたま読んだ『猫は知っていた』（'57年、日本のアガサ・クリスティーと呼ばれた仁木悦子のデビュー作）についても紹介されていたのも懐かしく、嬉しかった。東京郊外の住宅地の医院を舞台にしたもの。この特集記事では「世田谷区経堂がモデルとされる」と。ああ、やっぱりね……と納得。

私が（その人柄も含めて）大好きだった山田風太郎さんの『十三角関係』（'56年）も紹介されていた。新宿に住む堕胎専門医にして探偵の話とか。ファンだというのにそういう著作があるとは知らなかった……。コロナ禍だけれど、明日は書店に行ってみよう。

＊

さて。巷の話――。五月十八日、朝日新聞夕刊に「小1から貯めた6千万円　寄付」という見出しの記事あり。大きめの写真つき（銀行の帯封でくくられた一万円札が六十束）。

舞台は神奈川県横須賀市。十七日の午後二時十五分頃、市庁舎に七十～八十代と見られる男性がやって来て、市長室がある三階を訪れ、対応した職員に「中に入った手紙を市長に渡してほしい」とリュックサックを渡して、名乗らぬまま、立ち去った。

職員が中身を確認すると、銀行の帯封が付いた札束が六十。計六千万円――。「名乗らぬまま」というのが、いいよね。手紙には「小学一年生で月十円から始めた貯金」「何かの役に立てて下さい、寄付します。匿名　匿住所で」とあったという。

市は寄付金として扱うという。市長は「この暗い世相の中で、情けの有難さを深く感じ入りました」「この浄財をどのように使わせていただくべきか、じっくり考えたい」と。

六千万円かあ……うーん……。私は一千万円分の札束というもの自体、見たことがない。その札束が六つ並べられた写真――。リュックに入れて運んだというが、老人が運ぶには、さぞ重かったのでは？　それにしても、いったい、いかなる心境で……!?　なおかつ、重い札束で……!?

新聞の片隅に、こういう人情話が載っていると、「人間、捨てたもんじゃない」「いろいろあっての人生だ」と、なんだか救われたような気持ちになる。

（２０２１年６月13日号）

ロサンゼルス・エンジェルスの大谷翔平の活躍ぶり。スゴイ！　アメリカ国内でも大人気。ひとごとながら誇らしい。

のびのびと大柄な体格（身長193㎝）の上に、かわいい童顔がのっている。「どうだ、日本人の中にも、こんなカッコイイ青年がいるんだぞー」と、威張ってみたい気持ちになる。

見たところ、性格もよさそう。威張りたがり屋にも、陰険なヤツにも見えない。まっすぐに、すくすく育ってきた男の子――というふうに見える。「投」「打」両方、すぐれているために元祖ベーブ・ルースに例えられているけれど、見た目は、まるっきり違う。

メディアで大騒ぎされていても、ご両親は前に出てきたりしない。奥ゆかしい。威張りたがり屋ではないことだけは確かだ。

大谷選手。コワイのはケガだけでは？

久しぶりにメジャー野球への興味が湧いていています。

2021年6月

梅雨の夜や銀の指輪を磨きをり

◉「ステイホーム」の中で◉おかしなツボちゃん

いつのまにか六月。ということは、もう今年も半分近くの月日が過ぎ去ったのね……と呆れるような気持ち。

「ステイホーム」をマジメに守っているので、代わり映えしない日々。窓の外は初夏の青空に雪山のごとく白い雲がウッスラと。「どこか遠くへ行きた〜い♪」と旅ごころを誘われずにはいられない。それでもグッと我慢の、けなげな私……。フッと思う、「私、なんでこんなに萎縮してるんだっけ!?」と。

私もまだボケ切ってはいないので三秒後くらいには気づく。そうだ、コロナウイルスのせいだったと――。そんなことの繰り返し。

ウイルスというものは細菌よりもさらに小さいという。目には見えず、匂いもしない。私たちはそんな厄介な敵と闘っているのだ。うーん……何だかよくわからないが、「名を名乗れ、姿を見せろ！ 卑怯者めが！」と叱りつけたいような気持ち――。

フト、コロナ禍の始まりって、いつ頃だったかな?と思う。そうだ、中国の武漢（ウイルス研究所あり）の道路にバッタリと倒れていた男性の写真が新聞に載っていて、「新型ウイルス」によるもの――という短い説明が添えられていた。昨年の一月末のことだった。

その写真は衝撃的ではあったけれど、まさか地球一周するほどの猛威をふるうことになるとは……。これってスゴイことじゃない？ 万が一の話ですが、兵器に転用したら、核兵器よりコストがかからずにすむものねえ……。いや、そんなことは考えたくもないのだが……。

　私は知らなかったが、サイバーテロリズムという言葉があるんですね。サイバーというのはインターネットとかコンピュータを意味する言葉。今や多くのものがサイバーに支えられているので、そこを攻撃・破壊すれば、大きなダメージを与えられる……。そういう、いわば「姿なき攻撃」。硬い言葉でナンですが**「身体性」はゼロの戦争**……。なんだかなあ……。核兵器が禁じ手になったようにサイバーテロリズムも、先手を打って、さっさと禁じ手にしてもらいたい。

　幸か不幸か、この夏には二度目の東京オリンピックが開催される予定になっている。一九六四年の東京五輪は、天候をはじめ何もかもツイていて、閉会式では各国選手たちが笑顔で入り乱れ、まさに国境を越えた「人類みな、きょうだい」みたいな、明朗な感動があった。しかし、今回は……!?

　コロナ禍との闘いを制したというハレバレとしたオリンピックになれば、いいんだけどなあ……と願うものの、うーん、実のところ、厳戒態勢の中でのオリンピックしかイメージできない。

　先夜、テレビ朝日の『朝まで生テレビ』では、「激論！　コロナ・東京五輪とニッポン」がテーマになっていた。中止、延期、決行……それぞれ「なるほど、もっともな意見だ」なあんて思ってしまい、頭の中、混濁。結論、出ず。

*

　さて、本の話。数日前、**『ツボちゃんの話―夫・坪内祐三―』**（新潮社）と題した新刊本が送られ

『ツボちゃんの話　夫・坪内祐三』（新潮社）。やっぱり笑い、泣く。

てきた。著者は文芸ジャーナリストであり坪内夫人でもある佐久間文子（あやこ）さん。待ってましたとばかり、すぐに読んだ。坪内さんを語るに一番の、最適の人だと思うから。

　私が坪内さんに初めて会ったのは、坪内さんが雑誌『東京人』の編集者だった頃だから、一九八〇年代末。銀座ソニービル一階の喫茶店パブ・カーディナル（今は、もう無い）で会い、執筆依頼を受けた。何を話したか全然おぼえていないのだけれど、話がはずみ、「何だか面白い編集者だなあ、何でもよく知っていて」と思った。

　以来、何度か原稿依頼を受けるようになった。そんな中で、泉麻人さんとの対談企画が六本木の和食店であり、坪内さんは編集者として仕切り役だったのだが……。対談仕事を終えて泉さんと地下鉄の駅に向かう途中、泉さんが「あのツボウチさんという人、変わってますね」と言ったので、私は「そうでしょ、そうでしょ？」とばかり笑った。仕切り役なのに、私たちより発言が多く、なおかつ詳しいのだもの。それからまもなく、坪内さんは退社してフリーのライターに。泉さんとも、お友だち関係に。

　坪内さんは私をおおいに買いかぶってくれていて、坪内さん主宰の読書会のメンバー（大半は編集者）として誘ってくれた。私なんか一生読まないようなアカデミックな本ばかり。大学時代、不良学生だった私としては、（ちょっとばかりだが）大学に入り直したような気分だった。感謝している。

　佐久間さん（当時、朝日新聞社の記者）と交際していることを知ったのは、いつだったろうか。

『ツボちゃんの話』の中で、佐久間さんがツボちゃんと初めて会ったのは一九九七年とあるので、それからまもなくだったはず。神保町の「八羽（はっぱ）」というヤキトリ屋で顔を合わせたことがあり、その人柄にも好感を抱いていたので、「ツボちゃん、よかったねえ」と思った。

　それから何カ月後だったろうか、神保町から水道橋駅へと向かう途中、車道をはさんだ反対側の道路を神保町へと向かって行く二人を見た。坪内さんが何ごとかしゃべっていて（例によって、両手のアクションつき）、それを佐久間さんが笑いながら聞いているという図。――妙に忘れられない。いいカップルになったなあ、ホッとしたよという気持ち？

　その後、何度も顔を合わせていたのに、その話をすることはなかった。たんに言い忘れていただけで。

　さて、佐久間さんが書いた『ツボちゃんの話』には「三輪車に乗った幼稚園時代の坪内少年」の写真が掲載されている。これが超かわいい！　好き。

　二〇〇〇年の秋。坪内さんは新宿の路上で殴る蹴るの暴行を受けて病院に緊急搬送された。当時、その話を編集者から聞いて驚いたものの、詳しい説明はなかったので、ちょっとしたケガのように思い込んでいたのだけれど、今回この本を読んで「死にかけた」ほどの大ケガだったことを知った。今さらながら、読んでいてドキドキした。

　実は「ものすごい方向音痴」だったということも初めて知った。意外。「スーパーが大好きで、お惣菜コーナーをマメにチェックし、値引きシールが貼られたものばかり買う、節約上手な主婦みたいな買いもののしかただった」ということも。坪内さんのお父さんは記憶力にすぐれていて「読んだ本をページそのまま記憶し、電柱や看板の文字もぜんぶ覚えてしまうので、記憶を捨てるのがたいへんだった」ということも……。
坪内さんはギリギリ、コロナ禍を知らないまま逝った。それが、少しばかりの救い。そう考えるほかなし。

（2021年6月20日号）

◉からぶりワクチン◉TVっ子◉粋な映画愛

冒頭からドジ話で失礼します。すごく恥ずかしい失敗エピソードなのだけど、これを書いておかないと話が前に進められないような気がして……。

五月末頃、私のところにも区の保健所から「新型コロナウイルス・ワクチン接種のご案内」という郵便物が届いた。中身を見ると、接種券や医療機関名のリストなどが入っていたので、ある大病院の中の医院に予約した。

さて、予約日になった。天気がいいので歩いて行った（十分くらい）。さて、その大病院内の医院の受付に接種券を見せたら、「エッ!?」と驚かれ、「接種会場は別のところですよ」と言われ、その会場への地図（超簡単なプリント）を渡された。

エーッ!?と驚く私。あわてて飛び出して、地図を見ながら足早に歩いてゆく。予約時間には完全に遅刻だと焦りまくる。天気のいい日で、一

国技館もワクチン接種会場に。接種後は「升席」で往年の名勝負を見て待機。

気に汗ばむ。大病院だけあって、関連のビルがいくつかあるのも、まぎらわしい。ようやく、それらしいビルを見つけたものの、あたりには誰もいない。接種会場であるという表示も何もなく、静まり返っている。TVニュースなどでは接種会場と大書した紙があり、人びとが詰めかけているというのに……。「やっぱり別のところなんだろうな」と思い、他を探す。刻々と時間はムダに過ぎてゆく……。

ついにカンシャク玉が破裂。何が何だか。「**持ってけ、ドロボー!**」と叫び出したい気分に。接種会場を探すのはあきらめ、フラフラと喫茶店へ――。

後日、冷静になって、あらためて電話で接種会場を聞いたら、その、人影も表示もなかったビルなのだった……。

というわけで、私はまだ接種を受けていない。来週、ようやく初めての接種を受けるというダンドリに。

この一件、さすがに恥ずかしく、妹にも言わないでおこうと思ったのだけれど……サッサとバレてしまった……。

世の中の人たちは、何で、間違えることなく、迷うこともなく、スンナリと接種を受けられるのだろう……と感心してしまう。石川啄木の「友がみなわれよりえらく見ゆる日よ……」という短歌まで思い出す。もしかすると他の人たちは病院慣れしているのかもしれない。世の中の奥さんたちは、ひとりものの私と違って、家族の病気やケガで、病院に行く機会が多いということもあるだろう。

私は因果(いんが)と丈夫で(?)病院にはあんまり縁がなく、そのシステムというかだんどりに疎い――

というのは事実。今までは、それでやってこられたけれど……私も、いい年。病院や医療について、もっとよく知っておかなくては……と猛反省。

＊

医療関係ばかりではない。電気関係についても、私はすごく無知。カンも悪い。Ｗｉ－Ｆｉのテレビの配線が何とかということで、配線器具だか何だかの箱が送られてきたのだけれど、それが何を意味するのか全然わからず、説明文を読むのも面倒で、すぐさま、なじみのＩ電器のＩさんに電話。忙しそうにしているのに申し訳ないなあ、と思いながら……。

　Ｉさんは跡取りらしい息子さんといっしょに来て、サッサとセットしてくれた。結局のところ、ＴＶ画面のどこがどう変わったのか、よくわからないままなんだけれど……。何でもＷｉ－Ｆｉを接続するとインターネットも見られる……というのだけれど……別に、私、インターネットに興味ないんですよね。あくまで、「万が一」のことを思ってのこと。「万が一」というケースがどういうことかも、わからないまま時代に流されてゆく私――。

　ついつい「昔はよかった。万事、シンプルで……」なあんて思ってしまう。昭和三十年代、テレビの草創期。わが家はお金持ちでも何でもなかったけれど、父の仕事（新聞記者）の関係で、いち早くテレビを導入（モノクロ画面）。近所の子どもたちがテレビを見にやって来たのもつかの間、凄いイキオイで、どの家にもテレビがあるというふうになっていった。紙芝居屋のオジサンがヤクルトの販売員に転業したのもその頃。

初期はモノクロ画面、三チャンネルだけ（NHK、現在の日本テレビ、TBS）。コンテンツも乏しく、アメリカ製のホームドラマや冒険ドラマで穴埋めしていた。スタジオ番組では、時どきスタッフがカメラの前を腰をかがめて通る姿が映し出されたり、「しばらくお待ちください」という画面（確か灰皿にタバコの煙が流れている図）が、たびたび出たりして……ちょっとイラついた。

それがアッという間に、どの家にもテレビがあるという状態に。チャンネルも次々と増え、カラー画面に……。

そんな時代から半世紀超。今や若い人たちはテレビ離れ――というのが話題になっている。インターネットのほうが面白いらしい。

人は、どうでもいいわ。私はやっぱりテレビが好き。よくも悪くも、さまざまな階層の人たちが見ている――というところも面白いと思う。

『お楽しみはこれからだ』シリーズ。絵も文も。

＊

六月五日。テレビ東京『新・美の巨人たち』のテーマは、今は亡き**和田誠さん追悼特集**。

和田誠さんは大変な映画好きで、『たかが映画じゃないか』（'78年、山田宏一さんとの対談）や、『お楽しみはこれからだ』シリーズは、私にとってのオタカラ本。映画の中のセリフの引用もイラストレーションも楽しく、粋で、ホレボレ。

2021年6月

全然リクツぽくもエラソーでもないんですよね。何よりスターに注目しているところが嬉しい。映画評論家ではなく映画ファンに徹していた。粋なものです。

私も影響を受けて、映画の中での面白いセリフをおぼえておきたいなあ――と思っているのだけれど、いやー、サッサと忘れてしまう。映画を見ながらメモをするのも何だか恥ずかしいので遠慮している。和田誠さんは、きっと、メモはしていなかっただろうと思う。好きなものに対しての凄い記憶力。驚異的。

和田誠さんは、軽快なロマンティック・コメディに出てくるような、陽性のイタズラっ子みたいな女の人が好きみたい。平野レミさんと出会ったのは何という幸運！と思わずにはいられない。その追悼特集では、息子さんの和田唱さん（バンドのトライセラトップスのボーカル&ギター）も出演していた。和田誠さんのおもかげ、たっぷり。

二十年くらい前だったかな、清水ミチコさん、和田誠さん、私の三人で、麻布かどこかのレストランで夜遅くまで話し込んだことがあった。和田誠さんはイメージ通りの明朗でサッパリした人だった。

（2021年6月27日号）

◉シブヤは今◉彼女と彼の物語◉『漫画　坊っちゃん』

先日。ある新作映画の試写会があるというので、久しぶりに渋谷へ。案内状に描かれていた地図（超、簡略なもの）を見ると、東急百貨店（本店）の近くの路地を左折して、すぐの所のようだ。

渋谷は久しぶり。駅近くはともかく、東急本店の近辺には、もう何年も行っていない。迷ったりしたらマズイと思って早めに家を出た。JR山手線で渋谷駅に到着。よく晴れた日で、そよ風が気持ちいい。

さて、東急本店をめざして文化村通りを歩き始めて、エエーッ!?と驚く。以前とは風景一変。やたらとハデで、うるさく、ゴチャついた街になっていた。

ゲームセンターだか何だか、私が忌み嫌っているアキバ系美少女イラスト（大きな目玉ばかりで鼻は小さくウッスラとしか描かれていない。顔は完全に子どもなのに、ちゃっかりと胸のふくらみはあり）がショッキングピンクを駆使して看板やポスターに描かれている。そんな店がいくつか。

思わずカッとなる。「**勘弁してくれよー!**」と叫び出したい気持ち。

私の記憶の中にある、このあたりは、もっと大人ぽく、よくも悪くもコンサバティブな落ち着いた街並みだったように思う。

文化村通りのアキバ化にげんなりしつつ、もう一件、頭の中に浮上するものがあった。「東電OL殺人事件」ね。

一九九七年、渋谷の円山町（道玄坂のそば）のアパートで東電の優秀な女性社員（三十九歳）の遺体が発見された。昼は立派なキャリアウーマン、夜は娼婦――という奇妙な二重生活にメディアは騒然。結局、未解決のまま四半世紀が経ってしまった。映画にもTVドラマにもなった怪事件――。

なあんて妖しい記憶にひたっている場合じゃあなかった。試写室の所番地はわかっているのに、通りには住居表示が全然見当たらない。店の人に聞いてみようと思っても、古くからの店や、いかにもこの土地の人というふうな人も見当たらず、聞いてみてもムダだろうと断念。

すでに試写会には間に合わない時間になっていた。なんでこうなるの……？　ガックリうなだれて帰路に。

地下鉄銀座線の銀座駅で下車。地上に出た時、ホッとした。妙に銀座を新鮮に感じた。

整然とビルが並んでいて、一丁目から八丁目までキチーンと住居表示がしてあって、迷いようもない街並みなのだもの。古くからの店も新規の店も周囲との調和もシッカリ配慮しているように見える。舗道の柳が豊かに枝を広げて、風に揺れている……。

方向オンチのために、たいせつな試写会を見逃して、すっかり落ち込んでいた心が、ちょっとばかり慰められた。というか、ようやく正気に戻った――という感じ。

*

『1秒先の彼女』
BD&DVD 22年2月9日発売
発売・販売：TCエンタテインメント　提供：ビターズ・エンド
©MandarinVision Co, Ltd

コロナ禍で映画業界も大打撃を受けているが、六月二十五日公開の台湾映画『**1秒先の彼女**』が面白い。

人よりワンテンポ早いアラサー女子と、逆にワンテンポ遅い青年との奇妙奇抜なラブストーリー。「彼女」の物語と「彼」の物語が、交錯する形で描かれてゆく。よくまあ、こんな突飛な構成を破綻なく、最後まで巧くまとめたものだなあと感心してしまう。脚本・監督を手がけたのはチェン・ユーシュン。CM業界で活躍しながら、二十年間あたためてきた物語だという。

今の台湾の風物も見どころだが、何といっても主演女優のリー・ペイユー（英語名はパティ・リー）が役柄ピッタリ。生気にあふれていて、ちょっとばかり、おっちょこちょい。美人にも、少年顔にも見える。

とにかく、笑わせどころもたっぷりの奇抜にして品格もあるラブストーリーです。

2021年6月

*

以前にもチラッと書いたけれど、コロナ禍の引きこもりを好機とばかり、本の整理に取りかかっている。本棚に入り切らず、仕方なく床に積んである本が、いよいよ限界に達してきたからだ。もう読み直すこともないだろうと思う本を一カ所に集め、知り合いの古本屋に引き取ってもらうつもり。

そんな作業をしていたら、岩波文庫版の『**漫画　坊っちゃん**』がヒョイと出てきた。エッ!?と驚く。買った記憶が無いので。もしかすると二〇一七年に出版社から寄贈されたものかもしれない。奥付を見ると二〇一七年に発行されたもの……。恐縮し、あわててページを開いてみた。

見開きの右ページに漱石の『坊っちゃん』の文章があり、

『漫画 坊っちゃん』（岩波文庫）

左ページに近藤浩一路のさしえが掲載されている。さすがに古風な絵だけれど、すばらしく巧いんですよね。

巻末の「解説」を読むと、近藤浩一路は一八八四年生まれで一九六二年に亡くなったという。東京美術学校（藝大ね）絵画科の西洋画専攻科を卒業。やがて水墨画を経て日本画家になったという。東京美術学校では岡本一平（言うまでもなく岡本太郎のお父さんね）が同級生だったという。

漱石の『坊っちゃん』は、私は確か高校生の時に読んだ。映画もいくつかあるなかで、私が子供の頃に観た『坊っちゃん』は一九五八年の松竹版だったろうか。TVのリバイバル放映だったような気がする。

さて。コロッと変わって、イヤな話。

地球を一周したかのような新型コロナウイルス。最初は武漢のコウモリが発生源と報道されていたけれど、近頃は武漢のウイルス研究所からの流出という説が有力になってきたようだ（コウモリはいい迷惑？）。

私は科学的知識に疎い人間だけれど、コロナウイルスの猛威を知るにつけ、「あらーっ、核兵器なあんていうよりも、コロナウイルスのほうが断然、手軽で簡易な兵器ということに、なるんじゃないの？　目に見えず、匂いもしない、卑怯きわまりない兵器に……」と思い、おびえている。

なにぶんにも理系の知識やセンスに欠ける人間なので、シロウトの妄想であることを願っているのだが……どうやら、海外の専門家の間でも「新型ウイルス＝人工ウイルス」という説が出てきている様子。

地球を一周したコロナウイルスの猛威を見れば、ウイルスの兵器転用なんて、とんでもないことだ。サッサと禁じ手にしないと、ね。

（２０２１年７月４日号）

◉意外なつながり◉「パンドラの箱」って?◉コンプライアンスなし◉『ぼくのお父さん』◉何という人生!

ワクチンの第一回接種、無事に受けることができました。築地の接種会場への案内プリントもわかりやすく、時間指定もされていたので、たいして待たされることもなく。

嬉しい。私だって落ち着いてプリントを読めば、人並みのことはできるんだな、と。まんざらバカでもないんだな、と。

さわやかに晴れた日だったので、久しぶりに築地（本願寺裏手）の路地を散歩してみた。大小のビルが建ち並ぶ中で、ポツンポツンと昔ながらの店や家も残っている。どうしたって鏑木清方の名作・美人画「築地明石町」を、さらに清方を崇拝していた、築地っ子で、ふざけて「明石町先生」を自称していたイラストレーター原田治さん（二〇一六年、急逝）を思い出さずにはいられない。

今、フト思いついてスマホで原田治さんを検索してみたら、意外な事実が。

原田さんは日本映画の黎明期に活躍した二川文太郎監督の孫にあたるんですね！　スゴイじゃないの！　二川文太郎といったら、無声映画の金字塔と言われる『雄呂血』（'25年）を監督した人なのだもの！　無声映画の大スター阪東妻三郎主演の傑作で、興行的にもヒット。海外にも影響を与えた。

原田さんはアメリカ映画が大好きで、イラストレーションでも大きな影響を受けていた。私と同年生まれということもあって映画の話はたびたびしてきたけれど、祖父にあたる二川文太郎監督の話は聞いたことがなかった……。はい、奥ゆかしいですね、私と違って。

＊

コロナ禍は、ほぼ地球一周。まるでパンドラの箱をあけたかのようだなあ……と驚いているわけですが、フト、「あれっ？　そもそも〝パンドラの箱〟ってどういうこと？」と気になった。たぶん、ギリシャ神話がもとになっているのだろう、と思いつつ。

調べてみたら、案のじょうギリシャ神話に由来するもの。神話というものに興味が薄い私は、初めて知ったわけだが、ゼウスが人類に災いをもたらすために「女」というものを作るように部下（？）の神々に命令した。神々は泥から女の形を作り（ちゃっかりと、見た目は美女）、さまざまな性質（男を惑わすようなイヤな性質も）を与えた。

神々は「これは決して、あけてはいけない」と忠告し、美女パンドーラーに一つの贈り物（パンドーラー）（箱。甕（かめ）という説もあり）を持たせた。

そんなある日、パンドーラーは好奇心に勝てず、箱をあけてしまう。そこからさまざまな災厄が立ちのぼり、広がっていった……と、まあ、そんな話のようです。エッ⁉と驚く男尊女卑。知らなかったわあ、私。

女の一人である私としては、一瞬たじろいだものの、すぐに立ち直った。女がバカなのは作り手である神々の責任じゃないの？　バカである女に箱を持たせたらどうなるか、そこも読めなかったんだから男の神々だって、お利口さんとは言えないよね……なあんて。

＊

ついついタイトルと新書という手軽さに惹かれて読んでしまった。『戦前昭和の猟奇事件』（小池新、文春新書）

阿部定事件（昭和十一年）や、横溝正史の『八つ墓村』のモデルとなった津山三十人殺し（昭和十三年）や〝天国に結ぶ恋〟と言われたという坂田山心中（昭和七年）など、九件の事件を追ったもの。鬼熊事件（大正十五年）から父島人肉食事件（昭和二十年）まで、時代順につづられてゆく。私は戦後生まれなので、リアルタイムでは知らない事件ばかり。だからこそ興味しんしん。ラジオはあってもテレビはない時代。おのずから新聞報道が最強メディアということになる。

事件自体も興味をそそるが、それを伝える新聞記事の書きぶりには、エッ!?と驚かずにはいられない。「女人愛慾の情死行」だの「爛(ただ)れた情痴生活」だの「鬼畜の惨虐(ざんぎゃく)白日下に」だの……煽情(せんじょう)的なんですよね。トバシてるんですよね。コンプライアンスなんて意識、ほとんどない時代。私の父は新聞記者だったが、父もまた、こんな調子の記事を書いていたのだろうか？　まさか……と苦笑気分。

やっぱり阿部定事件と津山三十人殺しが読みごたえあり。阿部定の写真も三点あって、さすがに小粋な風情。けっこう陽気で愉快な人柄だったのでは?と思わせる。

最終章の「父島人肉食事件」だけは、何だかこわくて読めずにいます、はい。

2021年6月

＊

マンガ『大家さんと僕』で大ヒットを飛ばした矢部太郎の最新作『ぼくのお父さん』（新潮社）。うん、やっぱり、しみじみと愉しく懐かしい。全ページ・カラー。

今までもお父さん（絵本作家・やべみつのり）の姿は描かれていて、その人柄（おだやかで、おおらか）やニット帽（？）をかぶっているスタイルはおなじみ（帽子のシルエット、私の部屋にある和紙製ランプシェードの形に酷似）。その若き日の様子が、一面だけだが明かされる。肩までおおう長髪で「大きい会社でデザインの仕事をしてた」。それもつかのまだったのか、やめて東京にやって来て、また長髪。一九四二年生まれというから団塊世代よりちょっと上。

子どもを型にはめることもなく、絵本や紙芝居を作る仕事をしている。「のんき」というのは美徳、と思わせるような人のようだ。当然のように「ぼく」の友だちに慕われている。

『ぼくのお父さん』（新潮社）

矢部太郎が絵が巧いのは、そんな、お父さんゆずりか。十一ページの右側のマンガ――ぼくのウサギが死んで泣いている図。サイコー！　かわいい。スッキリした描線。サラリとした彩色。品がいい。矢部太郎はどうやら猫好きで、犬はめったに出て来ない。それだけが不満。

＊

六月三日の毎日新聞に興味深い話が大きく掲載されていた。「**化学兵器の父**」と呼ばれるドイツの化学者フリッツ・ハーバー博士の、何とも皮肉で残酷な人生を、現地を訪ね、レポートしたもの。

第一次大戦は「化学の戦争」と呼ばれた。毒ガスによる死者は十万人以上。その塩素ガスを兵器として開発したのが、フリッツ・ハーバー博士だった。開発が成功して、彼は英雄となったのだが……最愛の妻クララは同じ化学者として毒ガスには反対だった。夫のフリッツが毒ガス開発を主導したことを知り、大きなショックを受ける。それでも夫のフリッツは聞く耳を持たない。絶望したクララは、幼い子どもを残し、拳銃自殺したという。

それだけでもフリッツは大ショックだったろうと思うところだが、彼は逆に以前よりも一層、研究に打ち込んだという。

それから間もなくヒトラーのナチスが政権を握り、実はユダヤ人だったフリッツは追われる身に……。死の直前、息子に「クララといっしょの墓に埋めてほしい」と言ったという……。

（２０２１年７月11日号）

◉鳥の超能力!?◉知の巨人◉デカダンの極み

私のマンションは川沿いにある。老朽化いちじるしいものの、窓の向こうは大きな空で晴海埠頭（ふとう）

が見渡せる。そのせいか、時々ベランダのフェンスに鳥が羽を休めにやって来る。

今日も、TVを見ていたらベランダに一羽の鳥がやって来たようだ。ベランダの左隅のほうで、しきりと鳴いている。その鳴き声が珍しかった。チュンチュンだのピイピイだのというのではなくて、ギーッギーッといった、聞き慣れない、あんまり愛らしくもない鳴き声。

いったいどんな鳥なんだ!?と興味を惹かれ、ソッと忍び足で窓からのぞいてみたら……ベランダのフェンスの下のほう（十センチ程のあきがある）に黒っぽい尾っぽ部分が見えたのだが、一瞬にして飛び去って行った（下のほうに飛んで行ったので、全体像は確認できず）。

あの鳥は何だったんだろう?と思うと同時に、**鳥の危機察知能力**（!?）に畏れ入ってしまう。ほんとうに静かに静かに、のぞき見したつもりなのに……。

すぐに手元にある、ごく簡単な鳥類図鑑をチェックしたのだけれど、それらしい鳥は見つからなかった。何だか口惜しい……。もっと詳しい図鑑を買おうと心に誓う。俳句作りにも役立ちそうだし……。

フト思いついて、スマホで検索してみた。「鳴き声」「ギーッギーッ」「夏の鳥」で……。残念、該当するもの見当たらず。

にわかに野鳥への興味が湧いてきた（ような気がする）。子どもの頃、四歳上の兄は小鳥が好きで、セキセイインコやジュウシマツを飼っていた。庭に八十センチ四方くらいの鳥小屋みたいな物を手作りまでして。私はインコが死んだのを見た段階で、興味を失った。

鳥を飼う気はまったくないけれど、都心でたくましく生きる鳥たちの生態、もっとよく知りたい。カラスやハトも、虚心を持ってウォッチしたら、きっと面白い発見があるのだろう。ナレナレしく居つかれても困るけれど。

＊

六月二十三日。銀座から都バスで帰宅していた時、バス内のTVニュースに**立花隆さんの突然の訃報**――。

エーッ！と驚く。すでに四月三十日に亡くなっていたという。そこにどういう事情があったか、私は知らない。八十歳だったという。

肩書はジャーナリストともノンフィクション作家とも言われ、その関心の対象は幅広く、深いものだった。

政治、経済、宇宙、医療……など硬派なテーマを次々と。なおかつ、それをベストセラーにしてしまうという、ジャーナリストならではのセンスと筆力……。「知の巨人」と呼ばれたのも当然だろう。

なあんて私が書くのも、おこがましい。実を言うと、私は一九七四年の雑誌『文藝春秋』掲載の「田中角栄研究――その金脈と人脈」しか、ちゃんとは読んでいないのだもの。

それでも立花隆さんは「硬派」の偉大な存在だと、あおぎ見る気持ちを抱いてきた。人間の根源的問題――「生」

立花隆さん（1981年）

と「死」に果敢に切り込んでいく人なんだなあ、偉いなあ、強い人なんだなあと尊敬してきた。

この期に及んで、おちゃらけたような言い方になってしまうのだけれど……立花隆さんは風貌もいいんですよね。モジャモジャの髪に、人なつこい笑顔。「大器」という感じがする。

追悼ニュースに接する中で、立花隆さんは都立上野高校時代、カメラマンの荒木経惟さんと同級生だった、ということを知った。奇才二人——。

*

六月二十四日。長年、公私にわたって親しくしている女性編集者・Fさんと歌舞伎座へ。

六月は三部制。第二部の『桜姫東文章』を観る（四月は、やっぱりFさんと『桜姫……』の上の巻を観た。その続きの、下の巻）。

チケットはFさんが入手してくれた。Fさんは「二階席しか取れなかったんですよう」と嘆いていたけれど、私はあんまり気にしない。人気を呼んでいるようで、結構なことだ。二階席ならオペラグラスも気がねなく使える。

ういういしかった桜姫が、いきなり女郎にまで落ちて、お姫様言葉と女郎言葉をミックスした奇妙な話し方になるのが、見どころ、聞きどころ。作者、四世・鶴屋南北の最高傑作では？

桜姫を演じるのは坂東玉三郎。桜姫を（露骨な言い方になるけれど）レイプする釣鐘権助と、破戒僧・清玄を演じるのは片岡仁左衛門（一人二役）——。ベストの配役。危なげなく観ていられる。

デカダンの限りを尽くした果てに、最後はちゃっかりと「御家再興」という大義で締めるのよ。

そこが歌舞伎の知恵というもの⁉

そうそう……。劇場パンフレットによると、作者である四世・鶴屋南北は明治・大正期には、あまり評価されず、上演の機会はめったになかったという。

昭和に入って再評価されるようになったのは、やっぱり**郡司正勝先生**の尽力によるものだったのでは？

昭和四十二年三月、郡司正勝の補綴（ほてい）・演出によって、国立劇場で通し狂言として『桜姫東文章』が復活した。坂東三津五郎（八代目）の権助、中村雀右衛門（四代目）の桜姫というキャスティングで。

私が大学時代に『桜姫東文章』および鶴屋南北について興味を持ったのも郡司正勝先生の著作を通じてだった（それと、発足まもなくの劇団「早稲田小劇場」の影響もあり）。

大学を卒業して数年後、フリーのライターとして郡司正勝先生の御自宅を訪ね、インタビュー取材をさせてもらった。おだやかな話しぶり。尊敬する人に会えて、話を聞けて……ライターって何とありがたい職業なのだろうと思わずにはいられなかった。その郡司先生も今はない（一九九八年没、八十四歳）。

歌舞伎座もコロナ対策として手を消毒し、シートを一つあけ、掛け声などは控えていた。さすがに、ちょっとばかり淋しい。

デパートに行っても、まず手の消毒。ツバを飛ばすようなイキオイでの会話も、はばかられる。喫茶店やレストランでは透明アクリル板を立てての会話。あるいは、マスクをずらしたり、あげたり。顔の下半分がマスクで隠されると、こんなに表情が読み取れなくなるものか……と、今さらながらに気づかされる。

欧米人はマスク嫌いのようだけれど、日本人はマスクに対して、あんまり抵抗感はないように思う。私なんか、マスクをすれば顔の半分は隠せるから化粧ナシで済んで気楽だわ〜、なあんて思っている。マスクしてニットキャップを深めにかぶっただけで正体不明に。世間というものから、ちょっとばかりハズレた、内省的気分を楽しんだりしている。

なあんて言っているうちに、もう七月か。炎暑の中でのマスクは……キツイ。東京五輪もいったいどうなることやら。

（2021年7月18日号）

元気のカタマリのようだった中村勘三郎さん（十八代目）だったのに、実は食道がんにおかされていて、闘病のあげく、二〇一二年十二月五日に亡くなった。まだ五十七歳だった。

勘三郎さんとは、いささかの親交があった。元気な姿しか見てこなかったので、その死は、なかなか受け入れられなかった。今でも時どき勘三郎さんのことを思う。「しんそこ人が好き。芸が好き。笑いのセンスも抜群だったなあ」と。

私が崇拝していた中村歌右衛門さん（六代目）に楽屋で会わせてくれたのも（私が頼んだわけでもないが）勘三郎さんだった……。

勘三郎さん亡きあと、私の歌舞伎熱は大幅に低下しつつも、市川海老蔵（十一代目）には勸玄（かんげん）君という、目ヂカラのあるかわいい男子がいて、ゆくすえが、ちょっと楽しみではある。

2021年6月

2021年7月

夕暮れて浴衣の帯を探しをり

◉熱海は今◉橋づくし◉17番、絶好調

刻々と伝えられてゆく熱海（静岡県）の**土石流災害ニュース**――。涙ぐみながらTVを見つめている。

七月三日の午前十時半頃、熱海市の山あいに降っていた大雨が大規模な土石流となって複数の民家を直撃（一瞬のことだったという）。救助隊が出動したが、すでに心肺停止で亡くなっていた女の人が二人（七月三日時点）。

家はつぶれ、樹々は倒れ、車は横転して流されていった。土石流というもの、こんなに恐ろしいものなのか……。

熱海の土石流　警察犬もドロドロになって懸命の捜索。

伊豆の風物が好きだった。（古い話で恐縮ですが）一九八〇年代後半から九〇年代にかけて、高校時代からの親友K子と、たびたび伊豆半島へと小旅行していた。

二人とも就職試験に失敗し、数年間、やや不本意な仕事に就いて、グチり合っていたのだが、ようやく自分がほんとうにやりたいことが見えてきて、金銭的にも少しばかり余裕ができてきた頃だった。

超多忙のあいまを縫って、K子と伊豆の各地への小さな旅。土日は避け、平日の旅なので、下車駅も宿も列車に乗ってから決めるという乱暴さ。凄い解放感。楽しかった。

何しろイナカ旅のほうが好きなので、繁華なイメージの熱海は敬遠ぎみだったのだけれど、今回、災害ニュースに接して、イメージが変わった。熱海もちょっと町中（まちなか）を離れれば、やっぱり自然ゆたかな伊豆なのだ、と。

自然はさまざまな恵みを与えてくれる。心に慰めや落ち着きを与えてくれる。そのいっぽう、自然はコントロールしきれないものでもある。たぶん、永遠に。そう受けとめるしかないのだろう。

この異変の中、被災者たちの飼い犬、飼い猫のことも心配。

と、ここまで書いて手をとめ、テレビのニュースを見る。熱海の救援情報が気になって。

警察、自衛隊、報道メディアの人びとが現地入りしている。濁流にまみれて、一面、茶色の世界。水を含んで重くなっているであろう、さまざまな物（倒壊した家の断片、日用品など）を片付けるだけでも一苦労だろう。

インタビューに答えた人の中には家族を亡くした人も。ほんとうにアッという間のことだったようだ。

専門家の人びとのコメントを聞いていると、どうやら「盛り土」というのが一番の問題だったようだ。V字形になっている地形の所を宅地として売り出すために、樹々を切り倒し、V字の所が平らになるよう土を盛る。それが大雨によって軟弱化し、一気に崩れ、流れていったのでは？――という見方。まったくのシロウトながら、私もそう思う。

もし、それが真実だとしたら、「自然の逆襲」といった気分に襲われる。自然の中には、手をつけてはいけないこともあるのだ、と。東京の、人工の島に暮らしている私が言うことでもないけれど。

2021年7月

熱海の惨状が気になりつつも、七月三日、夜のNHK『ブラタモリ　江戸城②　**神田川をクルーズ探検**』を興味深く面白く観た。

皇居（江戸城）を中心にグルリと囲む堀を、小さな船とバスで、時計回りで一周するという試み。桜田門（あたりからだったと思う）から半蔵門、千鳥ヶ淵、竹橋、大手町、日比谷——と、皇居とその周辺を見る。都心の地下鉄駅の数かずが「ああ、そういう位置関係なのよね」と、頭の中でリアルにつながってくる。

出演者はタモリと、アシスタントの女性アナウンサーと、江戸文化に詳しい先生の三人だったが……案のじょう、タモリは何でも知っているのよ。わかっているのよ。先生も呆れるほど。

私なんかお城を見ても、ただ「カッコいい」「キレイ」「面白い」「変わってる」とか、そういう感覚的な感想しか出てこないのだけれど、タモリは（いや、男の人の多くは？）美的感想ばかりではなく、城の実戦的機能（例えば、敵の侵入を防いだり、反撃したりという知恵と工夫の数かず）に、おおいに興味をかきたてられるようだ。タモリや先生の説明を聞けば、私も「なるほどー、すばらしい！」と感心するのだけれど、悲しいかな、すぐ忘れてしまう。「見た目」しか頭に残らない。

＊

タモリ一行は、やがて船で御茶ノ水駅を右に見る聖橋（ひじり）へ。右手は駿河台、左は湯島。アーチ形を並べた橋脚のデザインが目を惹く面白い橋。二十代半ばの二年間、私は駿河台の出版社に勤めていたので、懐かしく愛着あり。

当時、有名な詩人だった鮎川信夫の詩集に『橋上の人』という長い長い詩があって、好きだったのだが、今やタイトルだけしか思い出せないのが情けない。

じきに神田、そしてフリダシの日比谷へ。バスと船で皇居（まさに「都心」）をグルリと一周。いいなあ……。

橋で思い出したが、三島由紀夫の小説に『橋づくし』というのがあって、私は好きなのだけれど、こちらは料亭の娘と芸妓が銀座・新橋の七つの橋を渡って願をかけるという話。昭和三十一年の作だというが、今は七つの橋、すべて道路に。ただ一つ「みよしばし」というのが地名として残っている。

七つの橋とは関係ないが、数寄屋橋というのも地名としては残っていますね。江戸時代はその橋が武士の地と町人の地の境界だったという。

橋の多い町——水運で物と人とが、たくさん往来していたであろう江戸の町。そもそも「お江戸、日本橋」だものね。ベニスっぽくないですか？

*

さて。今の楽しみは、ロサンゼルス・エンゼルスの大谷翔平選手（背番号17、二十七歳）の活躍ぶりを見ること。中継やスポーツニュースをチェックしている。

大活躍の大谷翔平。

2021年7月

ほんと、笑っちゃうくらいの絶好調。投げてよし、打ってよしの〝二刀流〟。少年マンガのヒーローみたい。欧米人に負けない大きな体に、人柄もよさそうな、かわいい童顔がのっかっている。どうかケガだけはしないで！と祈るような気持ち。

七月十三日のオールスター戦にも出場するとか（初選出）。マリナーズの菊池雄星、パドレスのダルビッシュ有も選出されたという。

そのいっぽう……大相模七月場所（名古屋。コロナ禍で一年四カ月ぶりの地方開催）は、ちょっと淋しい。朝乃山、高安、明瀬山、竜電が休場（高安は三日目から出場ということだが）。もちろん観客席もソーシャルディスタンス。

明生を下した白鵬。

この場所に進退をかけているという白鵬が注目の的。初日、明生との対戦で、土俵ぎわ「必死の」といったふうの掛け投げで勝った瞬間、凄い表情……。以前の白鵬だったら、ああいう表情は見せなかっただろう。

（2021年7月25日号）

◉つかのまの豪雨◉百連敗達成！◉ブレインフォグ!?

先週、二度目のワクチン接種を受け、ホッと一息ついたところ。高齢者優先というのが、ありがたいやら、（若い人たちに対して）申し訳ないやら。現役でバリバリ働いている世代の人たちを優先したほうが合理的なのでは?という気持ちも。

さて。熱海の土石流災害のニュース。一週間が過ぎた今も、その復旧救援の様子が伝えられている。泥濘(でいねい)、しかも急坂の中での活動。いまだに行方不明者の全員が発見されたというわけでもなく……胸が痛む。

そんな中、昨日(七月十一日)、都心にも集中豪雨が。午後四時頃だったろうか、大相撲名古屋場所のTV中継を見ていたら、突如として窓の外が暗くなり、激しい雨音が……。ドキドキしてベランダから外の様子をうかがう。一面、灰色の風景。いつもは見渡せる晴海埠頭も全然見えない。カミナリも。それでも道路にはいつも通り車が走っている。パトカー(?)が一台、サイレンを鳴らして埠頭方面へと急行している。

気をもんでも仕方ないと思って、TVの相撲中継に集中。結局、三十分くらいで豪雨はおさまり、空は明るんで、「すべて世は事もなし」といった風景に……。

あらためて熱海の大雨を(少しばかりだが)リアルに感じた。

ノンキな話になってしまうけれど、フト、疑問が湧いた。江戸時代の人はカミナリをどういうふうに受けとめていたのだろうか、と。天が裂けたというふうにおびえていたばかりではないのかも。カミナリは雨をともなうものだから、田畑を潤す。「いいおしめりだあ」と歓迎されたりもしたのだろう。

カミナリは「力」の象徴のごとく受けとめられてもいたのだろう。雷電為右衛門(ためえもん)という力士もいたし(子どもの頃、兄が読んでいた講談本で知った)、雷電と名付けられた戦闘機もあったという。

＊

大相撲名古屋場所が後半戦に入った。九日目時点で案のじょう（？）白鵬と照ノ富士、モンゴル力士二人が無敗。七日目の白鵬vs.翔猿戦がおかしかった。

対戦が始まっても翔猿は白鵬に突っ込んで行こうとしない。それでも頭の中では懸命に空気を読み、奇策をさぐっている様子。白鵬は呆れたふうに突っ立ったまま。その間、何秒くらいのことだったろう。異様に長く感じた。

ついに翔猿が突っ込んで行ったものの、勝負はサッサとついてしまった。翔猿としては間合いをはずしてみるという奇策を、一度試してみたかったのだろう。報道陣には「どきどきして楽しかった」「（次は）攻め込めるように研究したい」とコメント。頼もしいじゃないの。応援するよっ！

貴景勝は首を痛めて三日目から休場。朝乃山はコロナ禍でのキャバクラ通いが発覚して全休。さらに遠藤が左脚負傷で五日目から休場——というのが、さすがに淋しい。

そんな中、笑っちゃいけないけれど笑ってしまう記事あり。序ノ口の勝南桜（しょうなんざくら）聡太（二十二歳、記録時）が、ついに百連敗というワースト記録を達成（？）したという。写真を見ると（一カットだけだが）サッパリした顔立ち。身長一七九・五センチ、体重八十五・八キロ。神奈川県茅ケ崎出身（桑田佳祐の地元ですね）。湘南ボーイか。俄然、応援気分！

＊

コロナ禍関連のTVニュースの中で、コロナの後遺症の一つとして「ブレインフォグ」という言葉が出てきた。直訳すれば「脳の霧」っていうことよね。みごとにリアルな英語だなあ、と感心した。

ほんと、頭の中、霧が立ちこめたかのようにボンヤリとしてしまうことがある。と言うより、私などは、ほぼ常時その状態で、たまにスイッチが入ったかのように正気に戻り脳が活気づく――。それも、つかのまだが。

日本ではそれを「ボケ」と呼ぶが、「ブレインフォグ」＝脳の霧だと、ちょっと救われるじゃないですか？　オシャレじゃないですか？

霧と言えば……古い話でナンですが、布施明「霧の摩周湖」、石原裕次郎「夜霧よ今夜も有難う」、フランク永井「夜霧の第二国道」「夜霧に消えたチャコ」……などズルズルと思い出す。昭和の一時期、なぜか「霧」が、はやっていたんですね、ロマンティックな言葉として。

＊

ナチス・ドイツが犯したユダヤ人差別、そしてホロコースト（大殺戮）を題材にした映画二本が公開される。七月二十三日からは『復讐者たち』（ドイツ・イスラエル合作映画）が、三十日から

『復讐者たち』
DVD 22年1月7日発売
発売：ニューセレクト　販売：アルバトロス

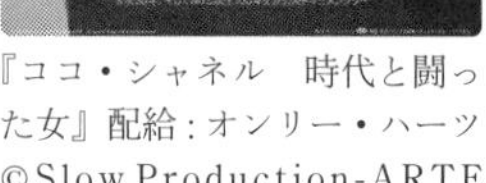
『ココ・シャネル　時代と闘った女』配給：オンリー・ハーツ
©Slow Production-ARTE France

は『**アウシュヴィッツ・レポート**』（スロバキア・チェコ・ドイツ合作映画）が公開される（他にもあるかもしれないが、私が試写で観たのは、たまたま、この二本）。

　やっぱりナチス・ドイツの悪行（とりわけユダヤ人差別）は、人間性のダークサイドを格別にあらわにしたものだなあとも思う。

　アメリカ映画界（とりわけコメディー映画）では多くのユダヤ系監督を輩出している。ビリー・ワイルダー、ウディ・アレン、メル・ブルックス、スティーヴン・スピルバーグ……など大物揃い。伝統的に「ユダヤ・ジョーク」というのがあって、笑いに関する洗練度も高いように思う。

　さて、話はガラリと変わります。七月二十三日公開のドキュメンタリー映画『**ココ・シャネル　時代と闘った女**』が見応えあり。今年はココ・シャネルが亡くなって五十年にあたり、超有名な香水「№5」誕生から百年にあたるという。

　地方の、はねっかえり娘がパリに出て、独創的なファッションで成功してゆく……。そのトントン拍子の駆け上がり方がスゴイ。学も教養も乏しかったが、新しい時代を察知する動物的直感の凄さに、あらためて驚き、笑う。

それでもナチス・ドイツによるパリの占領が解けた一九四四年、シャネルは突如としてパリを出てスイスへ。そこで数年間を過ごした後、パリに戻り、七十歳を過ぎてシャネル・スーツという大ヒットを飛ばす（私の母もよそゆきとして、シャネル・スーツまがいの服を着ていた。懐かしい！）

このドキュメンタリー映画、チャーチルだのサルバドール・ダリだのフランソワーズ・サガンだのジャン・コクトーだの、伝説的人物が撮られているのも嬉しい。

（2021年8月1日号）

◉『岸辺のアルバム』◉ラテン音楽の頃◉歳相応？◉いよいよ五輪

熱海の土石流災害から半月が経った今、あれは自然災害というより人災だという説が有力になっている。そのポイントは早くから指摘されていたように「盛り土」。その杜撰（ずさん）さ。

多くの人にとって住居というのは人生の中で最も高価で思い入れの深い買い物だろう。服だの電気製品だのを買うのとは全然違う。多くの場合、人生を左右されるような買い物なのだ。業者は誠実であってほしい。認可する役所もきびしくあってほしい。

と、妙に力んでしまう私。いったい、なぜ？　私自身はべつだん「住」問題で苦しんだこともないのに……。

もしかして半世紀近く前のＴＢＳドラマ『岸辺のアルバム』（'77年）を連想してしまったせいだろうか。一九七四年の多摩川水害を背景にした家族の崩壊物語。脚本は山田太一さん。ＴＶドラマはあまり観ない私も、毎週欠かさず観ていた。

突然、家を失うということは、その家や家族共有の記憶の消失のように感じられることでもあるのだなあと気づかされた。

人間って、人格って……記憶の累積で成り立っているようなものだろう。たぶん、山田太一さんはそういう思いからアルバムに注目して、シビアでリアルな家族の姿を描き出したのだろう。

＊

七月十八日（日）の夜。NHK・Eテレの二時間番組『クラシック音楽館　アルゼンチン・タンゴの巨匠**ピアソラ生誕100年大特集**』を楽しく興味深く観た。

今ではピンとこないだろうが、昭和のある時期（西暦で言うと一九五〇年代から七〇年代にかけてか?）、ラテン音楽が流行していた。タンゴ、マンボ、チャチャチャ、ルンバなど。歌謡曲の世界でも、そういう流行をさかんに取り入れていた。特にマンボとチャチャチャ。私たち子どもの間でも大流行。裾が少し細くなっているパンツは「マンボズボン」と呼ばれた。

マンボズボンをはく学生（1955年）。

中でもペレス・プラード楽団の「マンボNo.5」は大人気。小学生だった私も、友だちと「マンボ、ナンバーファイブ、ウーッ！」とマネしていた。

国内では藤沢嵐子という歌手が（マンボではなく）「タンゴの女王」と呼ばれて人気を集めていた。そういう時代があったわけです。ラテン音楽の流行——ほぼ高度経済成長時代と重なっているような気がする。

大人になってからは、中南米音楽に特に惹かれることはなかったのだけれど、「碧空（あおぞら）」というコンチネンタル・タンゴ（ドイツのアルフレッド・ハウゼ楽団）が妙に胸にしみ、レコードを買い、たびたび聴いていた。突き抜けたような明るさの中に淋しさがあったりして。胸キュン。

タンゴ界にジャズやクラシックを取り入れ、革命児と言われたアストル・ピアソラは今年、ちょうど生誕百年にあたるという（亡くなったのは九二年）。作曲者にしてバンドネオン奏者でもあった。ニューヨーク育ちだという。

そう、バンドネオンってタンゴならではの楽器ですよね。アコーディオン（日本語では優雅に〝手風琴〟と命名）に酷似しているけれど。

＊

コロナ禍に関連したニュース番組の中で「ブレインフォッグ」という言葉を知って、ギクリ……という話は前回、書いた。

ブレインフォッグ、つまり脳の霧。頭に霧がかかったかのように思考力が低下してしまうこと。簡単に「ボケ」とも言う。

同世代の友人たちも「忘れっぽくなった」と言っている。同じ話を繰り返したり。一度読んだ本なのに内容をすっかり忘れていて読み返したり……。ちょっとホッとする。興味のあることは覚えていても、興味のないことは、重要なことでも忘れがち。そういう自覚はあるので、できるかぎり手帳などにメモしておくのだが、メモすること自体、忘れたり。どうする、私⁉　今のところ、はい、締め切りだけは忘れない。

何しろ、この一年半ほどコロナ禍で、家に引きこもって、人とも会わないように心がけてきた。おのずから顔の表情筋を使うこと少なく……何だか顔がちょっと伸びたような気がしてならない。顔面筋肉にユルミが出てきている？

妹にその話をしても「べつにィ……」と言うのだが……。コロナのせいと言うより「歳相応」と言わんばかり。くやしい。私はどうしてもコロナのせいにしたいんだ！なんて。私、大嫌いなトランプ氏みたい？

そう、最近のニュースを見ていると、中国、なんだかもう、ちゃっかりと立ち直っているかのようじゃないですか。どこまで事実に沿った数字かわからないけれど。ほんとうに克服したのだったら、世界に向けてシッカリした真実のデータを出してよねー。地球規模のダメージなんだから——と思う。

＊

この『サンデー毎日』が店頭に出る頃には東京五輪が始まっている……。無観客の会場はさすがに淋しいだろう。選手たちの気持ちを思えば「中止」は酷だ、どんな形であっても開催したほうがいいのだろう——と思ってはみるものの、前回の東京五輪を知っている人間としては、ついつい淋しい溜息が出てしまう。

何度か書いているように、市川崑監督の記録映画『東京オリンピック』（公開は翌'65年）を、ぜひ観てほしい。アジアで初めてのオリンピック開催。前日まで雨だったのが開会式はスッキリとした秋晴れ。水泳、体操、女子バレーなどの熱戦。数かずの感動的なドラマが展開された。

競技場の外を走るマラソン中継など見ると、都心近くの道路で婆さんがゴザに座って声援を送る様子は、いかにも昭和。アジア的風景。まだまだ裕福には見えない。それでも、みんな笑顔。

開会式は整然としたものだったが、閉会式は一転、各国選手が入り乱れて、肩を組み、観客席に手を振り、笑い合う……。自由闊達な光景となった……。それもメリハリ利いていて、よかった。

開会式当日に公式記録映画『東京オリンピック』の撮影で打ち合わせをする市川崑（左端）。

そうそう……フト、同世代の作家だった永倉万治さんのことを思い出す。八〇年代半ば、『サンデー毎日』での連載がスタートした頃、他のページで永倉さんの連載もスタート。同世代で、ほぼ同じ地域で育ったせいか、気が合い、奥さんとも親しくしていたのだけれど、闘病のあげく二〇〇〇年の秋に脳出血で亡くなった。

一九六四年の東京オリンピックを熱く語っていた人だった。あの世に旅立って、もう二十一年も経つのか。何という歳月！

さて。窓の外は快晴。梅雨明け宣言も出た。スッキリした青空。地上近くにモクモクした白い雲。夏は来ぬ——。


（2021年8月8日号）

2021年7月

◉迷走のはてに◉イガグリくん◉「オリンピック・マーチ」

ちょっと複雑な気持ちで、二度目の東京五輪のTV中継を観ている。

七月二十三日。東京の空をブルーインパルスが飛び、五輪のマークを描いた。いよいよ開幕か、と思ったら開会式は夜なのだった。どうやらアメリカのTV放映時間に合わせてのことらしい。エッ、いきなり夜⁉　閉会式みたいじゃないの⁉——と驚く。まあ、それも仕方ないか、真夏の炎天下での長いセレモニーは、選手たちに酷だものね……と気持ちを切り替えたのだったが……。

コロナ禍ゆえの無観客開催は、さすがに寂しい。物足りない。そもそも酷暑のこの時期に⁉と思わずにいられない。

今さら言うのもナンだが、前回（まだ昭和だった）の東京五輪は十月で、天候にも恵まれて大成功だった。開会式は整然と、閉会式は各国選手入り乱れての、「世界はひとつ、人類みな兄弟」的な明朗な気分が溢れるものだった。

当時の大人たち（私の両親世代）が東京五輪に懸けた思いは格別なものだったのだろう……と今さらながらに思わずにはいられない。原爆を二つも落とされ、完膚なきまでの敗戦。ボロボロになった日本。にもかかわらず、たった二十年足らずで、こんなにも立派に立ち直ったのだ、見てくれ、今の平和国家、日本を——といった気持ちだったのでは？　前回の東京五輪には「敗戦→復興」という大きな物語があったと思う。

さて。今回の東京五輪では、始まる直前、二件の「不祥事」報道があった。

開会式の楽曲制作を担当したミュージシャンと、開会式・制作チームの演出にかかわった演出家（元・笑芸人）の過去の差別的言動が明るみに出て、急遽、辞任・解任ということになったのだ。ニュースを聞けば、確かに無神経と驚いたけれど、「エッ、なぜこのタイミング？　大会関係者の人たち、なぜ今まで気づかなかったのだろう？　イヤな印象を持たなかったんだろう？」という疑問が……。

その言動は、小さなライブハウスで少数のヒネたファンを相手にしたものだったらともかく、どう考えてもオリンピック向きとは思えない。キャスティングした側にも、いささかの責任はあるのでは？

それにしても……開会式直前のニュースだったので、「エッ!?　今頃になって！」と呆れた。なぜか、前回の東京五輪を手がけた人たちはオトナだったなあ、老獪だったんだろうなあ……と思わずにはいられなかった。

＊

たまたまTVをつけたら、女子柔道（52キロ級）の試合で、キュートな顔立ちの阿部詩選手が映っていた。思わず、チャンネルはそのままに。ジーッと見入った。

アナウンサーの解説によると、お兄ちゃんの阿部一二三も柔道の選手で66キロ級の世界チャンピオンだという。

ごく古い話でナンですが、子どもの頃、男子向けマンガ雑誌に「イガグリくん」というのが連載

兄妹で金メダル　阿部一二三・詩選手。

されていて、私は好んで読んでいた。

イガグリくんは柔道が得意な正義派少年（その頃の少年マンガの主人公は、みーんな正義派なのだ）。私はこのマンガで講道館の名を知った。嘉納治五郎の名も。イガグリくんをねたむ悪い少年たちもいて、なんとか河原でのはたしあいなんていう場面に興奮したりして。

「私、柔道習いたい！」と母に言ったら一笑にふされてしまった。

それからまもなく、少女雑誌のバレエ・マンガに憧れ、さらに来日公演したイギリスの有名バレリーナ、マーゴ・フォンテインをTVで見て興奮。母に「バレエ習いたい」と言ったら、やっぱり「ダメ！」のひとこと。私のあきっぽい性格を、よーく、わかっていたのだった……。

話は変わって。前回、一九六四年の東京オリンピックは市川崑が総監督になって、一七〇分の記録映画になっている。当時の政治家たちの中には「記録性が薄い」と批判する人もいたが、私は立派な、味わい深い記録映画になっていると思う（東宝から映画の修正を求められたあげく、市川監督は若干の映像を追加したという）。

さて、今回の東京五輪の記録映画は河瀬直美監督だという。自然の風物や静かな生活描写で知られる監督なので、エッ!?と驚いた。意外だけれど、実力がある人なので、いったいどういう作品になるのか？と、期待もしている。

さて。前回の東京五輪といったら、古関裕而作曲の「オリンピック・マーチ」。それを意識したからこそ、NHKの昨年の連続テレビ小説は『エール』ということになったのだろう。古関裕而さんと金子夫人の恋愛物語。ドラマはめったに見ない私も、『エール』は時どきだけれど、観ていた。二階堂ふみ（金子役）のファンなので。

*

ほんと、古関裕而という人、凄い才能ですよね。「露営の歌」や「嗚呼神風特別攻撃隊」などの軍歌から、戦後は一転、「栄冠は君に輝く」「長崎の鐘」「イヨマンテの夜」「君の名は」「モスラの歌」「巨人軍の歌——闘魂こめて」……なんでも作曲してしまう（しかも長く歌い継がれている）。無節操というより、才能が自然と湧き出してしまうのだろうから、簡単に非難するわけにはいかない。そういう天才もいるのだった。

応援歌が多いせいか、古関裕而の曲を聴くと、大きな青空を連想しがち。そんな空に向かって祈りや憧れや喜びを捧げて歌うような感覚。「胸が開く」ような感じ。うーん……やっぱり「昭和の日なた」という言葉が浮かぶ。

古関裕而と、ほぼ同世代の歌手、藤山一郎もまた（私にとってはの話だが）、「昭和の日なた」を感じさせてくれて、好きだった。明朗、軽快、清潔感。こちらは日本橋生まれの江戸っ子で『紅白歌合戦』の常連だった。一九九三年、八十二歳で没。

歌謡曲というジャンルが存在した頃の二人——。

2021年7月

オリンピック会場はコロナに関して細心の注意と警戒をしている様子だが……何しろ、しつっこく、イジワルきわまりないコロナウイルスというヤツ。何が起きるのか、わからない。何とか閉会式まで無事にたどりついてほしい——と祈るような気持ち。

メダルに関して贅沢は言わない。コロナに屈しなかったというふうに終わるのが、一番の望み。

（2021年8月15・22日号）

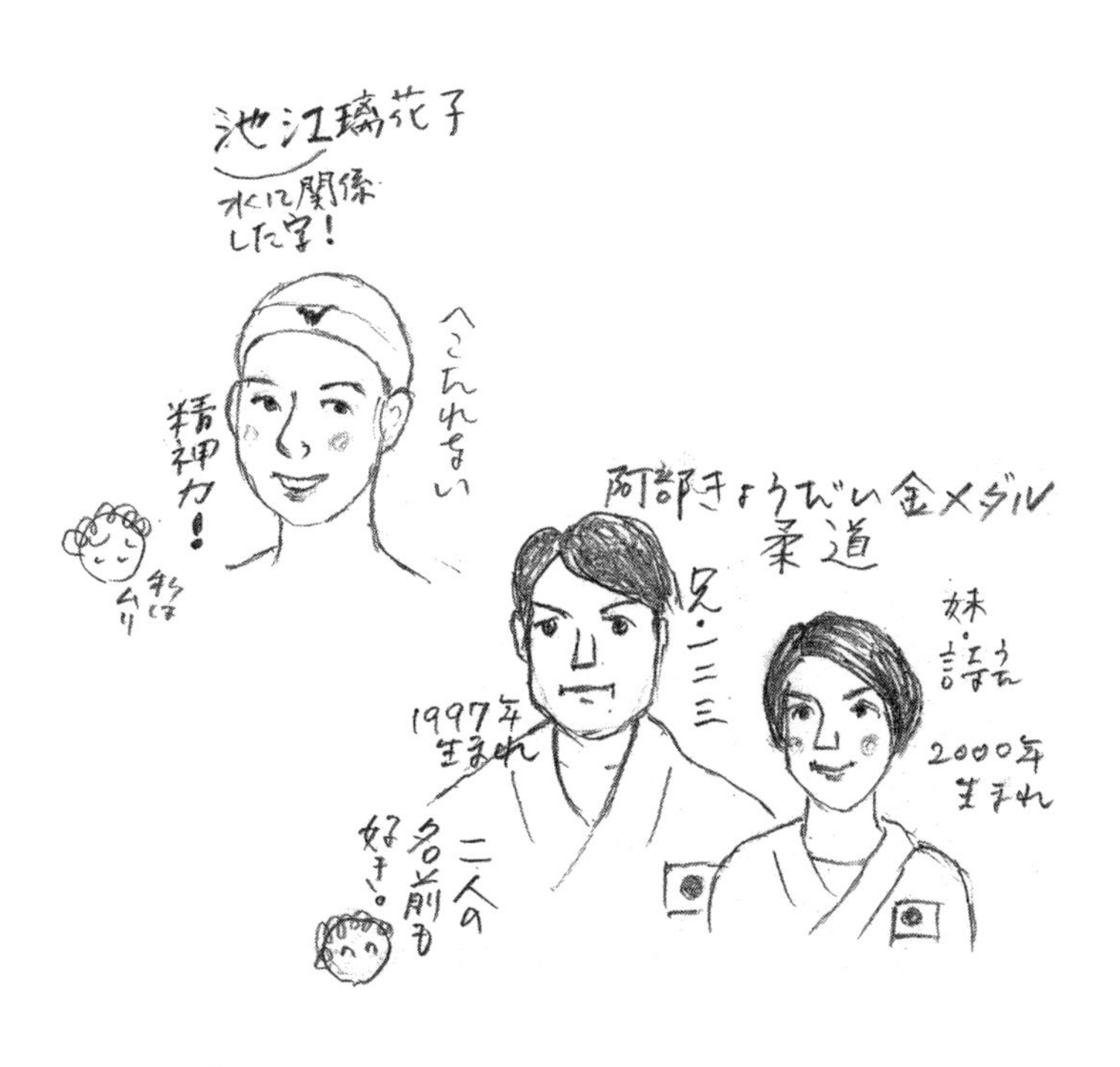

二度目の東京オリンピック。正直言って、あんまり感動はしなかったなあ。歳のせいで、感受性が鈍くなっているせいもあるけれど、今は昔と違って国際的な大会が、たやすくTV中継で観られるようになっているせいもあると思う。前回の東京オリンピックの時は、世界中の外国人選手が集まって競い合う、そのこと自体に、おおいに興奮できたのだ、きっと。

　私は「戦争を知らない子どもたち」世代だけれど、大人たちは戦争を知っていた。敗戦から十九年しか経っていないのに、東京は日本は、オリンピック開催地になるほど立派に立ち直ったのだ――という感慨もあったろう。今頃になって、あらためて、そのことに気づかされた。

　今回のオリンピック。何だかゲームみたいな遊びみたいな競技がいくつか。競技の枠を広げると、メダルの価値もさがってしまうのでは？――と、ちょっと心配。

2021年7月

2021年8月

強面（こわもて）のインチキ手品夏祭り

◉女子校感覚?◉昭和の黒い汗◉「詞」の力◉緑の中へ

たんたんとした気分ながら、**二度目の東京五輪**のTV中継をいくつか観た。言うのもヤボというものだが、前回の東京五輪（一九六四年。もはや半世紀以上の昔）を観た時ほどの興奮や感動は、ない。

前回の東京五輪はスッキリとした秋空のもと、各国選手団が整然と入場の開会式。それだけで、もう、わくわく。晴れがましさで胸がいっぱい。なにしろ当時の私はまだ十代。おおぜいの外国人が集結している様を見ただけで興奮していたような気がする。今にして思えば……戦争を知っていた親たち世代は、また別の感慨があったろう。

それから半世紀超の時が流れて。アメリカのTV視聴時間に気がねしてだか何だか知らないが、闇の中で（というのは大ゲサだが）始まった開会式。さすがに盛りあがりに欠けるスタートだった……。

泳ぎ終えてガッツポーズする池江選手。

そんな中、胸を打たれたのは、**水泳の池江璃花子選手**の活躍。二年半前、白血病と公表され、闘病生活を余儀なくされたというのに……。あきらめたり、ふてくされたり、なあんてことはしなかった。その、まっすぐな気力に頭がさがる。泳ぎ切って笑顔の池江選手。つい、涙。

早ばやと対戦が組まれたソフトボール。日本は順調に勝ち

上野由岐子投手　抜群の安定感。

あがり、決勝では2対0でアメリカをくだし、優勝。上野由岐子投手、抜群の安定感。グルン！と凄い球、投げるよね。女同士ながら、つい、「頼もしいおかた」というフレーズが頭に浮かぶ。特にシッカリと張った肩ね。私、高校は女子校だったので、体育祭や文化祭の時の、女同士の団結感も懐かしく楽しく思い出される。

前回の東京五輪ほどの感動はないとはいえ、やっぱりオリンピックは愉しい。世界中の肉体エリートの集結なのだもの。

*

確かフジテレビの情報番組だったと思う。「**世界同時気象災害**」という言葉が出てきて、ギクリ。今世紀末には地球上に同時多発的な気象災害が発生するようになるのでは?——という話。イギリスの科学者が、そういう論文を発表したという。

豪雨、山火事、高潮、熱波などの気象災害……。つい、七月の熱海の（大雨による）土石流災害が頭をよぎる。私はあんまり詳しくは知らなかったが、中国では大雨でダムが決壊し、アメリカでは十三の州の八十カ所で乾燥による山火事が起きているという。

と、こう書いていて、ふとスマホで今（午後二時）の東京の気温をチェックしてみると、三十二度となっている。私はエアコンが好きでなく、家では、もっぱら扇風機で涼をとっているのだが……そんなに暑いとは感じない。慣れだろうか？

子どもの頃（言うまでもなく昭和）の夏休みは、たいてい二十七度とか二十八度くらいで、三十度になると「やったあ！」とばかり興奮したものだったのだが……近頃の夏は連日、三十度以上。「地球温暖化」を実感せずにはいられない。

母の手作りのサマードレス（袖なしでジャンパースカートのように肩をムキダシにしたもの）を着て、夏休みは近所の子と遊び回っていた。当時の路地は、まだ、たいてい舗装ナシだったので、土ボコリが体について、汗が黒っぽくなるのだった。

それでも夕方になれば、涼風も立って、しのぎやすかった。早めにお風呂に入って、金魚模様の浴衣に着替えて、線香花火。今にして思う。昭和の夏は俳味たっぷり。

それにしても、地球温暖化と寒冷化。どちらがマシか、よくわからない。

＊

八月一日の夜。テレビ朝日系『関ジャム　完全燃SHOW』を面白く観た。

その回のゲストは作詞家の松本隆さん。今や伝説のバンド「はっぴいえんど」の元ドラマーで、一九七〇年代初めから、作詞家に転身。数かずのヒット曲を生み出してきた。というわけで、作詞家生活、ほぼ半世紀。

あれは「木綿のハンカチーフ」が大ヒットしていた頃だから、一九七六年の頃だったと思う。私はちょうど〝遅すぎる家出〟をして、ビンボーひとり暮らしをスタート（父、ガックリと寝込む）。

フリーのライターとして忙しく働いていた頃。「木綿のハンカチーフ」のユニークな詞の構成（男女それぞれのパートがあり、ひとつの物語になっているのだ）に驚き、出入りしていた女性誌の編集者に話し、作詞家・松本隆さんにインタビューさせてもらうことになった。

確か六本木の喫茶店（今はない）でのインタビュー。現れた松本さんの顔立ちは、ちょっとばかり私の兄に似ていた。それで（勝手に）親しみを感じた。

それからザッと半世紀が経って。TVの『関ジャム——』に出演の松本さんは、半世紀前の記憶の中の風貌とあんまり変わっていなかった。

私はかねがね、近頃の（と言っても、だいぶ以前から）ハヤリの音楽に不満を持っている。曲は確かに進化しているようなのだけれど、歌詞がつまらない。描写の「芸」が乏しく、情景も物語も浮かばないのが残念に思えてならないのだ。メッセージはあれど描写ナシ。私はそういうのは味気ないと思う。言葉の力、詞の妙味というものを信じている。

『関ジャム——』の中の松本氏も、きっと同様の不満を持っているのではないかなあ——と、思わずにいられなかった。

＊

週末、こっそりと（?）友人夫婦の千葉の別荘へ。クルマで私の所に来てもらい、ピックアップしてもらって、どこにも寄らず別荘へ。ドア・トゥ・ドアだから感染の心配はないでしょう、と。ワクチンも二度接種ズミだし、と。

2021年8月

この一年余り、マジメに「ステイホーム」を守ってきた。毎日毎日、同じような暮らし。ごくたまにしか友人にも会わず。

そのせいか曜日の感覚がボヤケてきたような気がしてならない。「毎日が日曜日」感覚?「そうか、ボケというのは、こういう単調な生活の中から発症するのかもしれないなあ」と思わずにはいられない。いちおう、まだライター稼業に未練があるので、ボケまくるわけにはいかない。たまには「変化が欲しい。緑が恋しい」というわけで。

森の中の別荘は、緑の色が濃くなって、鳥の声と虫の声がニギヤカに。「こいつら、コロナを知らないな」と、羨ましく思ってしまう。

週末恒例、オランダ在住の親友K子とメールで、自作の俳句(七句)を送り合い、選句し合う。「〆切、〆切!」とばかり、ほとんど義務感だけで、スゴイいきおいで、でっちあげた句ばかりだったのに、意外にも、〝辛口〟K子から好評をいただく。わからないものだ。

帰りは大型スーパーの入口そばで花を買っただけで、中には入らず(思いのほか混雑していたので)。そんな厳戒態勢の旅(いや、移動?)だったのに、解放感は確かにあった……。ああ、早く、ちゃんとした旅をしたい!

(2021年8月29日号)

◉女性アスリートたち◉豪雨の町◉歌謡曲好き◉0・05%のアルコール

地球規模のコロナ禍の中で決行された東京五輪だったが、何とか無事に幕を閉じることができた。

関係者にとっては気の抜けない日々だったろう。

　これは私だけの感想かもしれないのだけれど……今回の東京五輪を振り返ってみると、まず頭に浮かぶのは女性アスリートの姿ばかり。水泳の池江璃花子、大橋悠依、ソフトボールの上野由岐子、柔道の阿部詩……。頼もしいかぎり。とりわけ、難病をかかえた池江選手と三十九歳のベテラン上野選手の健闘に、グッときた。

　実を言うと、私、十代で観た東京五輪の興奮が忘れられなくて、今回の二度目の東京五輪に対しては及び腰だった。

　選手村は歩いてでも行けるほど近くと知っても、見に行くこともなかった。近頃の五輪は、スポーツというには遊技性が強すぎる競技まで取りあげるようになっているのも、ちょっと不満だったりもして。

　事情があってのことだろうが、開会式も閉会式も夜――というのも納得いかず。閉会式……闇の中で、幼稚園のお遊戯ふうに体を揺らしながら選手たちを迎える女の子たち。閉会スピーチのかったるさに耐えられず、だか何だか知らないが、勝手にゾロゾロと退場していく外国選手たち数名……。

　ついつい「前回東京五輪は、よかったのに……」というグチが……。

＊

前回、「世界同時気象災害」という言葉にギクリとした……という話を、ちょっとだけ書いた。

2021年8月

その時は七月の熱海の（大雨による）土石流災害を連想したのだったが……。昨日、西日本各地は大雨に襲われ、川の氾濫で道路も家も浸水。ゴムボートで救助される住民たちの写真や映像に胸が痛む（犬や猫、ペットたちも心配）。

一夜明けた今日。都心でも雨が降っているものの、豪雨という程ではない。これから激しさを増すのかも。とりあえずスーパーに行って多めに食料確保。

昭和の昔と違って停電がないのが、ありがたい。TVもラジオも支障なく、ニュースで状況を把握できる。それだけでも安心感が、だいぶ違う。

子どもの頃（言うまでもなく昭和）、停電は珍しくもなかった。特に台風の時。テーブルにロウソクを立て、家族一同、それをみつめ、時どき外に出て、近所も停電であることを確かめ、やがて、一ブロック先のMさん宅の一角に灯がともったのを見て、「あっ、ウチもそろそろ電気がつくんだな」と喜んだりしていた……。めったに停電なんていうことがなくなったのは、いったいいつ頃からのことだったろう……。

＊

八月十六日。ニッポン放送『高田文夫のラジオビバリー昼ズ』に、ゲストとしてタブレット純が登場。「あっ、さすが高田さん！」とラジオのボリュームをあげる。

タブレット純は『週刊新潮』に「『昭和歌謡』残響伝」と題する連載エッセーを書いている人。略歴には「和田弘とマヒナスターズの元一員で、歌手、お笑い芸人」とある。私も、かねてより、この連載の愛読者なのだ。著者近影の写真は、胸まで届きそうな、ウェイブのかかったロングヘアで、フェミニンな（？）顔だち……。

「歌謡曲」という言葉自体が死語となりつつある今、あえて（？）昭和歌謡に執着しているというのが、ありがたい。一九七〇年代末、雑誌『ポパイ』で近田春夫の「ＴＨＥ　歌謡曲」の連載コラムがスタートした時以来の喜び？　ホソボソとながら歌謡曲好きの流れというのは伝わっているものなのね、と心強く思う。

歌謡曲の魅力は、聴く人をつかのまある情景や物語の中に引きずり込んでくれるところだ。たとえば……品行方正な暮らしをしていても『カスバの女』を聴けば、つかのま流浪の謎めいた女の気分を味わうことができる――というような。シンガー・ソングライターも結構だが、プロ並みの作詞力を持つミュージシャンは、決して多くはないだろう。

そういうわけで、私も「ニューミュージック」以前の昭和歌謡のほうが好きなのです。いずれにしても、昔の話だけれど、ね。

＊

デンマーク・スウェーデン・オランダ合作映画『**アナザーラウンド**』が、すごーくではないけれど、シミジミとしたおかしさ。オススメします。

酒呑みおやじ４人組の話。北欧の映画です。

『アナザーラウンド』
配給：クロックワークス
©2020 Zentropa Entertainments3 ApS, Zentropa Sweden AB, Topkapi Films B.V. & Zentropa Netherlands B.V.

2021年8月

酒呑みのおやじ四人組の話。私は下戸なので、まったくの他人事と思って観ても面白かったのだから、お酒大好きの人は「わかるわかる」と共感するに違いない。

舞台はデンマークのある町。さえない歴史教師のマーティン（マッツ・ミケルセン）は授業に身が入らず、生徒からもPTAからも抗議を受けてしまう。

そんな中、同僚の心理学教師から思いがけないアドバイスが……。「君に欠けているのは自信と楽しむ気持ち。ノルウェーの哲学者は、こう言っている。〝人間は血中アルコール濃度を常に0・05%に保つことで、体にやる気と自信がみなぎり、人生が向上する――〟」と。

マーティンはハッとして、同僚が言う通りに一定量の酒を呑むことを心がけると、アッと驚く程、効果てきめん。授業も家庭生活も活気づくのだが……という話。

主演のマッツ・ミケルセンは国際的に活躍する大スターだが、ショボクレ教師役もスンナリとはまっている。同僚おやじたちとの親密なやりとりも、ほほえましい。仲よしオヤジたち四人、酔った姿は子どものように見える。北欧の授業風景も見もの。

さて。韓国映画『白頭山大噴火』。韓国では大ヒットしたという。

北朝鮮と中国の国境地帯にそびえる白頭山。大噴火を起こせば朝鮮半島は崩壊する……というので、韓国では大噴火を阻止する特殊チームが派遣されることになる。地下の抗道で人工的な爆発を起こして、マグマ溜まりの圧力を下げる……とい

スケールの大きな話。面白い！

『白頭山大噴火』
BD & DVD 22年1月7日発売

う、もくろみ。
主演俳優の顔が好みではないのだが……サスペンスたっぷりで、前半は息を呑むようにして観た。
ところが後半、話を盛り込みすぎで、私は逆にダレてしまった。
それでも韓国映画界の活気はヒシヒシと伝わってくる。日本映画界、何か打つ手はないものか。

（２０２１年９月５日号）

◉紙のメディア◉スゴイ血◉メガネ少女の屈託

八月十八日。朝日新聞に「週刊文春、『中づり』見納め」という見出しの記事あり。「中づり」の写真も入った、そこそこ大きな扱いの記事だった。

「中づり」というのは、電車や地下鉄の中に吊るされた、大きめの宣伝ポスター。退屈な車内で、週刊誌の見出しをチェックして、キオスクで買う——という人も多かっただろう。それが今やネット時代ということになって、紙のメディア（新聞、雑誌）よりも、スマホやパソコンでチェックする人たちのほうが優勢になってきたのだろう。

当然のごとく、紙メディアのほうも、各社、ネットでの配信もしてきているわけだが……時代の趨勢とはいえ、ちょっと淋しい。

私はパソコンは持たないけれど、スマホは持っている。もっぱら待ち合わせや、行き先の地図確認のために。

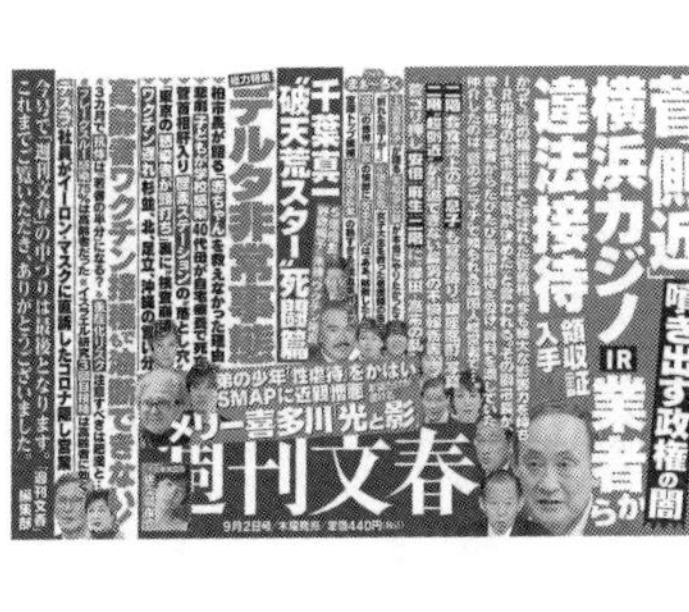

『週刊文春』最後の中づり広告。なんだか淋しいなあ。

原稿書きの時も、もはやスマホなしには書けないんじゃないか!?というふうになっている。「鬱」のように難しい字も、スマホなら辞書をめくることなく、一発で画面に出てくる。その簡単さゆえ、永遠に「鬱」という字、おぼえられないような気もする……。

そこなんですよね。そこがスマホのコワイところなんですよね。スマホ一押しで出てくるんだから、書けなくていい、おぼえなくていい、ということになるんじゃないか?と。

人類は(なあんて大きく出てみますが……)手の延長としてさまざまな道具を生み出してきた。箸やスプーン、フォーク、ナイフ、刀……など。足(あるいは脚)の延長として車や電車や飛行機……など。

そうして、いよいよ**脳の延長**としてのスマートフォンが……。

なあんて考えてしまう私は、ヘン?「スマホは何でも知っている」――その事実が、ありがたいような、コワイような。

スマホなしに、楽しく満ち足りて暮らしている人――私、もはや尊敬してしまう。

＊

同日の「天声人語」(朝日新聞)欄の冒頭に「日本陸軍の軍人だった杉山龍丸(たつまる)さんは戦後、復員の事務に就いていた……」とあったので、エッ!?と目を見張った。杉山龍丸といえば、異端の作家・夢野久作の息子じゃないか!と。

興味を持って読んでみると、夢野久作の名はまったく出ていない。

龍丸さんは戦後、復員の事務に就いていて「することはといえば連日訪ねてくる留守家族に『貴方（あなた）の息子さんは、御主人は亡くなった、死んだ、死んだ、死んだと伝える苦しい仕事』だった」という。

龍丸さんは、戦後、私財をなげうって、インドの荒れた地を緑化し、その地では「グリーン・ファーザー」として感謝されている――という話は知っていた。

父・夢野久作（杉山直樹。出家名は杉山泰道）、その息子・杉山龍丸――なんとスケールの大きな快人親子なのだろう！

はい、自慢たらしく書きますが、私、大学時代にS君という下級生から借りて読んだ『**ドグラ・マグラ**』という小説に、ブッ飛んだ！　こんなスゴイ小説、はじめてだあ！と。

作者・夢野久作の名を、それではじめて知った。ハヤカワ・ポケット・ミステリ版だった。それから数年後、三一書房から『夢野久作全集』（全七巻）が次々と刊行されていった。編集担当者は、大学時代の先輩M氏だった……。

夢野久作、杉山龍丸――杉山家って、スゴイ血が流れているんだなあ……と、あらためて感嘆。

さて。翌十九日の新聞に山内（やまのうち）静夫さんの訃報あり。九十六歳という長寿。肩書は元・映画プロデューサー、元・鎌倉市芸術文化振興財団理事長と。〝鎌倉文士〟の代表格のようだった里見弴（とん）の息子でもあった。

今から十五年くらい前だったと思う。小津映画が好きで、筑摩書房のPR誌『ちくま』に私なりの小津映画論（という程のものではないが）を連載させてもらった。

ものぐさの私にしては珍しく、小津映画の関係者の人たちにじかに会って、話をうかがうこともした。その中で、一連の小津映画のプロデューサーだった山内さんにもお会いしたのだった。サラッとした感じの人だった。

もともとは東京・下町（深川）生まれの小津安二郎監督は、戦後、北鎌倉に住むようになったり、脚本家・野田高梧と組むようになったりで作風も変わり、いわゆる「小津調」を確立してゆく。それを批判的に見る人も多いが、私は「面白いなあ、もはや様式美！」と思って観たのだった。

当時、やけにリクツぽい小津映画論がはやっていたことに対する反発も私にはあって、『小津ごのみ』を書いたのだった。そんな当時の気分も懐かしく思い出す。

山内静夫さんの訃報の隣に文藝春秋の前社長（二〇一四～一八年）だった松井清人さんの訃報が……。エッ!?と驚く。松井さんとは密にいっしょに仕事をしたというのではないのだけれど、世代も近く、古くからの知り合いではあった。

これからこういうことが増えるんだろうなあ……と、しみじみ。

『ディナー・イン・アメリカ』
配給：ハーク

＊

もしかすると女子限定かもしれないのだけれど、アメリカ映画『ディナー・イン・アメリカ』が、そこそこ面白く、楽しめます。

ヒロインは、アメリカの郊外の平凡な家庭に住む十代のメガネ少女。自分の外見に自信が持てないせいか、それとも過保護に育てられたせいか、退屈で味気ない日々を送っている。ただ一つ、好きなのはパンクロック。とりわけサイオプスの覆面リーダーであるジョンQ。その彼を、何と、家にかくまうことに……という話。私は、ほぼコメディーとして楽しんだ。

型通りの展開だけれど、中流家庭であることを絶対視しているような（でも、善良な）両親への根拠なき憤懣。はけ口がみつからない怒りや焦り。自分でも説明できない感情……。思春期の気分が伝わってくる。

メガネ少女つながりか、ふと、一九九五年のアメリカ映画『**ウェルカム・ドールハウス**』を思い出す。こちらのヒロインは、もう少し下の十二歳。イジメに関しては、やり返すところが、ちょっと違うが。青春物の名作では？

監督はトッド・ソロンズだった。『ウェルカム・ドールハウス』を皮切りに『ハピネス』（'98年）『ストーリーテリング』（'01年）と快作を放ったが、今はどうしているのだろう。

もう一本。九月十日公開のイギリス映画『**ブライズ・スピリット**～夫をシェアしたくはありません！』もオススメします。TVドラマ『ダウントン・アビー』が好きだった人だったら、おおいに楽しめるはず……。

時代背景は一九三〇年代、イギリス。ベストセラー作家と、その妻を中心に、華麗にして、いささかドタバタ的な騒動が繰り広げられる。この時代のファッションも見もの。

（2021年9月12日号）

1930年代という時代色がいいんですよね。

『ブライズ・スピリット～夫をシェアしたくはありません！』配給：ショウゲート
© BLITHE SPIRIT PRODUCTIONS LTD 2020

◉昆虫ハカセ◉暗き世に──◉横尾忠則、タップリ

八月二十八日。べつだん昆虫好きでも何でもないのだけれど、NHK・Eテレの**『香川照之の昆虫すごいぜ！』**をジーッと見てしまう。面白いじゃないか！と。

香川照之は大変な昆虫好きだということは知っていたけれど、頭から足まで、全身キミドリ色のボディスーツを喜々として着込み、「カマキリ先生」と称して昆虫談議。すごーく詳しい。昆虫愛をしゃべりたくてしゃべりたくてたまらないという感じ。

そういえば……、小学校三、四年生の頃だったか。同じクラスのキムラ君も大変な昆虫好きで「昆虫ハカセ」と言われていた。特に親しかったわけでもなかったのだけれど、キムラ君はウチの生け垣の根元を見て「ジグモっていうんだよ」と言い、根元の茶色の小さな袋状のものを取って見せてくれた。袋状の中にクモがいたように思う。

私は気持ち悪いとは思わず、その日は、いっしょになってジグモ探しに熱中。たぶん……「こんな所にこんな目立たない形でイキモノがいるんだあ……」と、面白く思ったような気がする。

夏休みが明けた頃、キムラ君は転校してしまったので、記憶はそれだけ。『香川照之の昆虫すごいぜ！』を見て、ものすごく久しぶりにキムラ君のことを思い出したのだった。いつの世にも昆虫少年っているんだなあ、昆虫自体が好きなのか、捕獲して収集することが好きなのか？　たぶん、両方なのだろう。

昆虫に強い興味を抱く男子は多いけれど、どうも女子には人気がないような気がする。私自身、

関心が薄い。ハエ、カをはじめ、虫っぽいものを見ると、眉をひそめ、殺虫スプレーを念入りに噴射してしまう。

そんなふうなのだけれど、以前から私が面白いなと思っているのは、平安時代の『堤中納言物語』に登場する「虫めづる姫君」。当時の高貴な若い女のマナーだった眉を剃るということもせず、若い男よりも昆虫を愛して喜々としている、変わり者のお姫様。ファンキーじゃないですか？

*

『暗き世に爆ぜ——俳句的日常』（みすず書房）と題した本が送られてきた。著者は今年の三月三日に九十三歳（！）で亡くなった小沢信男さん。

小沢信男さんの名を知ったのは大学時代。知り合いの文学青年が好んで読んでいる様子なので、私も興味を持って、少しばかりだが読むようになった。

『暗き世に爆ぜ　俳句的日常』（みすず書房）。93歳で逝った小沢信男さん。好きだった……。

その頃は小説よりルポルタージュものというか、人物エッセー風のものが多かったと思う。一九八〇年代、私が愛読したのが『犯罪紳士録』（現在は、ちくま文庫）。『裸の大将一代記——山下清の見た夢』（同）も有名。だいぶ経って、大変な俳句好きであることも知った。

あれはいったい何年前のことだったろう。十年くらい前だったかもしれない。ある雑誌の座談会で小沢さんと顔を合わせた。ノンビリと温かく、「芯から、いい人、緊張させない人」という印象。

小沢さんは、銀座っ子（こまかく言うなら新橋寄り）。お父さんは虎屋自動車商会という、今で言えばタクシー会社を経営していたという。会社も家も銀座だったのね。そういうことをひけらかすところは、まったくなかった。

俳句・川柳好きなのも、うれしい。『暗き世に爆ぜ』には多くの句が載っている。

奇人・宮武外骨を偲んで小沢さんが作ったのが「暗き世に爆ぜかえりてぞ曼珠沙華」——。その句は宮武外骨の墓に刻まれることになったという。

「初夢や金も拾はず死にもせず」という漱石の句も紹介されている。「人に死し鶴に生まれて冴返る」という句も——。

『暗き世に爆ぜ』の最終章。小沢さんは、俳人・池田澄子によるこんな句を添えて、親交のあった坪内祐三さん（そして池内紀さん）を追悼している。

「あっ彼は此の世に居ないんだった葉ざくら」——。

ほんと、私も「あっ、坪内さんも小沢さんも、此の世に居ないんだった」と繰り返し思う。いまだに。何度も。

＊

新聞で、『GENKYO——横尾忠則』展があると知って、コロナ禍ながら出かけずにはいられず。場所は木場の東京都現代美術館。私が住んでいる所から、そんなに遠くない。タイトルのGE

NKYOは「原郷」「幻境」「現況」という意味を込めての言葉のようだ。

思った以上に大規模の展覧会だった。子どもの頃から絵を描くのが好きだったというのは知っていたけれど、その絵の実物も展示されていた。

いやー、巧いの何のって。五歳の時に絵本『宮本武蔵』のさしえをマネして描いたという、その絵の正確さに驚いてしまう。八歳の時に夢で見た龍の絵の、ダイナミックで、なおかつ緻密な描写にも。子ども時代の、その二作を見れば、「画家になるのは当然だ。描くために生まれてきた人なんだ」と思わずにはいられない。

大学時代だったと思う。雑誌で横尾忠則のイラストレーションを初めて見て「おおーっ!」と胸打たれた。ぺったりと平面的なコミックのような描写。アメリカ風の強い色使い。旭日[きょくじつ]や花札といった日本的な俗なデザインのインパクト。胸の奥に迫ってくるかのような妖しさ。わくわくした。
横尾忠則は（私の記憶では）アッという間に有名になった。忘れもしません、一九六八年にTVで『木島則夫ハプニングショー』という番組があって、一般人の車に横尾忠則がハプニング的に桜吹雪を描いてゆく様子が映し出されていた。車の持ち主は笑顔だったけれど、私は「エッ!?　こんなにハデな車、目立ちすぎて恥ずかしく

ない？」と心配してしまった（貧乏性ゆえ、複数の車の持ち主というのが想像できなかったのだ……）。

三島由紀夫とのコラボレーション。例えば全裸に近い三島が横尾の首を抱え、左手に抜き身の刀を持っている――といった写真（篠山紀信）や絵（横尾忠則）。とてもサマになってるんですよ。一九六八年の作というから市ヶ谷で割腹自殺する二年前か。三島は横尾忠則のこの絵で満足すればよかったのに……なあんて私は思ってしまうけれど。

何か妖しい物語を秘めたような絵が多い。普通の、何のヘンテツもない町かどを描いた、いわゆる「Y字路」シリーズも、胸の奥がシンとするような、懐かしさなんだか、おそろしさなんだかを感じさせる。

思わず「黄泉（よみ）の国」という言葉が浮かんでしまう絵もいくつか。現世も来世も地続き――っていう感じ？

何号というのか知らないが、タタミ一、二畳ほどの大作もいくつかあり、その体力、気力に畏れ入る。一九三六年生まれの八十五歳……。頼もしいじゃないですか。

（2021年9月19日号）

やるせないナルセ

加東大介
上原謙
高峰秀子
成瀬巳喜男
1905-1969

成瀬巳喜男といったら、日本映画マニアの間で、コアな人気を集めている監督だ。小津安二郎監督と、ほぼ同世代。人柄も映画も地味ごのみ。庶民の日常生活を背景にしたものが多い。激しくドラマティックな作品は、めったにない。

『浮雲』は例外で、戦中戦後を背景にした、スケール感を持ったもので、森雅之と高峰秀子のすばらしい演技が見られる。

『お国と五平』『晩菊』『驟雨』『流れる』など私は好き。私自身が子どもだった頃の、大人の話。父母や祖父母、そして近所の大人たちのことを思い出し、重ねながら見ている。

絶世の二枚目と言われた上原謙（加山雄三の父。ほんと、若い時の写真を見ると、スゴイと言いたくなるような美青年！）が、普通のサラリーマン役で主演しているのが、楽しい。案外、ユーモラスな味を出している。

2021年8月

2021年9月

夜の秋クロスワードはまだ解けず

◉9・11そして10・1◉アンという名の少女◉老いというもの

あれから、ちょうど二十年――。二〇〇一年の九月十一日。アメリカの中枢部を狙った同時多発テロ。通称9・11。

とりわけ生々しく残酷だったのが世界貿易センタービルへの、まさに捨て身の攻撃。敵（アメリカ）の旅客機をハイジャックして、戦闘機代わり爆弾代わりにして突っ込んでゆく――なんて、いったい誰が予想できただろう。

宗教とか信仰とかいうものに関心の薄い私は、ただただ驚き怯えるばかりだった。信心したい気持ちというのはわかるけれど、できるだけおだやかで、（異なる信仰に対して）寛容であってほしいのだが……。

当時の報道の中で、私が胸をつかれたのが、ハイジャックされたのを知った乗客たちの数人の最後の言葉。妻に電話をかけて、「他の何人かと抵抗する。きっと命を落とすことになるだろう。いい人生を、頼む」と告げた人。他の三十八歳男性も妻に電話して、妻が「席に座って目立たないでいて」と言うと「いや、ダメだ」と言ったという。

この乗客二人の言葉は、二〇〇一年当時、書きとめたのだけれど、再度、ここに書いておきたくて。

さて。9・11の衝撃が醒めやらないままの十月一日。三代目古今亭志ん朝さんが亡くなった。

少し前から急激に面やつれしていて、八月に入院。年内いっぱい休演というので心配はしていた

古今亭志ん朝（1938–2001）。何度聴いても飽きることなし、志ん朝落語。

ものの、まさか亡くなるとは！　私にとっては落語イコール志ん朝と言う程の気持ちだったので、なかなか、その死を受け入れられなかった。

その日から二十年……。いまだに私、夜は就眠儀式のごとく志ん朝落語のCDを聴いている。CDの制作を手がけたのは、当時、ソニー・ミュージックのプロデューサーだった京須偕充（ともみつ）さん。神田っ子で、サラリとした人柄の慶應ボーイ。志ん朝さんとは相性がよかったはず。

9・11と10・1の志ん朝さんの死――。最悪の秋だった。二十年といったら、その年に生まれた子も今ははたちになっているわけで、けっこう長い歳月だが、この二大ショックは、私の胸の中では、いまだに生々しい痛みを持って思い出される。

九月四日のNHK総合『アナザーストーリーズ』でも、「**落語を救った男たち――天才現る！　古今亭志ん朝の衝撃**」と題した回顧特集があった。

若き日の映像がいろいろ見られて嬉しかった。私はまだ子どもだったけれど、TVドラマ『若い季節』（NHK総合）や『サンデー志ん朝』（フジテレビ）を見て、見た目の涼しさやシャベリの軽快さをカッコイイ！と思ったのだった。落語をちゃんと聴くようになったのは、だいぶ後――中年になってからだった。

2021年9月

＊

コロナ禍でマジメに「ステイホーム」を守っているうちに、どんどん夜ふかしになってしまった。以前にも増してダラダラとTVを見ている。深夜まで……。

意外にハマったのが、NHK総合深夜のカナダ製TVドラマ『アンという名の少女』。言うまでもなくカナダの作家L・M・モンゴメリの『赤毛のアン』をTVドラマ化したもの。

日本でもマンガやアニメにもなっていて、よく知られた物語だと思うのだけれど、私はちゃんと読んだり見たりしたことがなかった。「なんか、普通の、夢みがちな少女のかわいい話なんでしょ」といったふうに思っていたのだが……。

深夜、見るべき番組が見当たらず、舌打ち気分でNHKにしたら、画面は、『アンという名の少女』で、意外にも辛辣だったり、笑わせるところもあったりして、俄然、興味を惹かれたのだった。さすが、時代色も本格的。

子どもの世界の話であっても、登場人物の描写はフラットではない。主人公のアンをはじめ、長所も短所も、強みも弱みも、善も悪も入り混じった人間として描き出している。アンは、確かに夢みがちな少女ではあるけれど、日本語で言うところの「おっちょこちょい」でもあるんですよね。オテンバだし。それに気づいて、私は俄然、アンに親しみを感じた。

もちろん、二十世紀初頭のファッションやインテリア（↑アンティーク）にも注目してしまう。女性のスカートが今のように短くなったのは一九二〇年代からなので、『アンという名の少女』の頃のオトナの女たちは、くるぶしをおおう程の長いスカート。たぶん……「貞操観念」というモラルが関係しているのだろう。

＊

話が前後してしまったけれど……九月二日、**池袋暴走事故**の被告に禁錮五年の実刑判決――。裁判長は、現在九十歳の被告に対して、判決を読み終えたあと、「被害者や遺族に謝っていただきたい」という言葉を添えた。それは裁判官としては、遺族の気持ちを尊重した異例のことだという。

一瞬にして妻と子を失い、遺族となった松永拓也さんは一貫して立派だった。怒りも悲しみもグッと抑えて、精いっぱい冷静に率直に法廷闘争に立ち向かった。それに対して元・通産省エリートだった被告は……と、書きたいところだが、書けない。老いの哀れが強すぎて。

最初にこのニュースを知った時は、自分を過信したとしか思えない無謀な運転ぶり、そして事故後の無反省らしい態度を腹立たしく思ったのだが……やがて、そこに老いゆえの錯覚だの忘却だのが感じられるようになるに及んで、腹立たしさよりも、悲しみと恐怖のほうが強くなってしまった。ああ、老いるというのは、こういうことでもあるんだ。自分でも承知できないような自分になってゆく――そういうことも、十分、ありうることなんだ……と。

池袋暴走事故の後、運転免許証を自主返納する人（その六割は七十五歳以上とか）が多くなったという。いいことだと思う。人と車の多い都会暮らしなら、特に。クルマ好きの人はツライだろうが。家族や親しい人たちの意見も聞いてみることですね。

さて。ボーッとしているうちに、カレンダーは、もう九月。「秋」ということに。コロナを怖れて、ずうっとひきこもりがちで、化粧もせず、ラクチンな服ばかり着るようになって、もう一年半ぐらいということになる。曜日の感覚、季節の感覚が、俄然、鈍ってきたような気がしてならない。

毎週末はオランダ在住の友人K子と句会。ひきこもり状態ゆえに季材に乏しいのがシャク。それを補うために、川柳スレスレのフザケた句を送ったら、アラッ、意外にも高評価。そうか活路はこちらに？——胸をなでおろす。


（2021年9月26日号）

◉演説の人◉べベル、死す◉スクリーンの裏で

銀座もだいぶ息を吹き返してきた。夜の銀座は知らないが。

どの店も入り口に消毒液を並べ、みなマスクという状態ではあるけれど、店内はほぼ元通り。混雑を避けるための「ソーシャルディスタンス」のマークがあちこちにあるとはいえ、銀座ならではの華やぎに触れられて、ホッとする。

教文館で雑誌『サライ』を買う。京都の旅が特集企画になっているが、私の関心はそれではなく、連載のクロスワードパズルだ。ほどほどに難しいところが気に入っている。私の頭の中にある知識だけでは、すべてのマスを埋められない。口惜しがりながら、辞書やスマホを〝カンニング〟。いつの日か〝カンニング〟無しに、自力だけで埋められたら……と思っているのだが……。

クロスワードをサッと見たくて、喫茶店へ。久しぶりに有楽町駅近くの地下の（特に名は秘す）某店に。三、四十年前から……昭和の頃からあった店。地下だから窓が無いのが欠点だけれど、万事、「昔ながら」で、なごむ。喫煙OKという、今どき奇特な店でもある。さて。その喫茶店をあとにして、有楽町マリオン前のバス停へと向かったら、マリオン前で一人の中年らしき男の人が、マイクを握って何事か街頭演説をしていたので、エッ!?と驚く。どうやら右翼、いや、保守派らしい。足をとめて聞いているのは、男の人、数名。

いやー、懐かしいなあと思った。昭和の昔は、赤尾敏（びん）という右翼活動家（大日本愛国党の総裁）がいて、まさにその地（マリオン、昔は朝日新聞社があった）や新橋駅前で**街頭演説**をしていたのだった。けっこう多くの人たちが聞き入っていて、当時の私は、苦々しく思ったものだが……。

八〇年代末に晴海埠頭近くの地に引っ越して来たら（偶然、父の生地）、そばの晴海通りを右翼の街宣車が大音量で「愛国行進曲」（見よ、東海の空明けて……）を流して走ってゆくのにはゲンナリさせられたものです。今にして思えば、昭和の末期。

やがて昭和天皇が亡くなり（八九年）、赤尾敏はその翌年に亡くなった。九十一歳だったという。昭和天皇とほぼ同世代だったのね……と、今ごろになって気づいた。

*

九月八日、新聞に「**J＝P（ジャンポール）・ベルモンドさん死去**」という記事が……。ショック！　八十八歳。

何しろ国民的大スターだから、フランス政府は追悼式を主催、マクロン大統領が弔辞を読んだという。

昨年あたりから日本でも若き日のJ＝P・ベルモンド主演作品をリバイバル上映する動きがあって、私は「おおいに結構」と思っていたのだった。

アラン・ドロンかJ＝P・ベルモンドか――という時代があった。ザックリ言えば六〇年代から七〇年代ですね。アラン・ドロンは美男の代名詞のごとく、美貌で、妖気のようなものまで感じさせたが、J＝P・ベルモンドは神様がクスクス笑いながら作ったかのようなファニー・フェイス。ニックネームは「ベベル」ね。

アラン・ドロンは、花で言えばちょっと黒ずんだ真紅のバラのようだけれど、J＝P・ベルモンドは愛敬のあるチューリップ。赤か黄か、いや、オレンジ色のチューリップ。

『勝手にしやがれ』（'59年）、『冬の猿』（'62年）、『気狂いピエロ』（'65年）、『ボルサリーノ』（'70年）など、ずうっと観てきたけれど、私が一番好きなのは、やっぱり『勝手にしやがれ』。ボーイッシュなショートカットのジーン・セバーグとのコンビネーションが楽しく、カッコよかった（今、フト思ったのだけれど、ベベルは女優を上手に引き立たせることができるんですね。アラン・ドロンとは、そこが違う？）。

小品ではあるけれど、『ムッシュとマドモアゼル』（'77年）というコメディーぽい映画があった。恋人を怒らせてしまったベルモンドが、仲直りのために花束を持って恋人を訪ねると、ドアをちょっとあけてくれたものの、訪問者がベルモンドと知ったとたん、バタンとドアを閉めたので、花束がドアにはさまれ、ベルモンドの手に残ったのは茎ばかり――というギャグに笑った。私の記憶の中ではチューリップの花束なのだけれど、近ごろ、「あれっ、違う花だった？」と、アヤフヤに。

新聞の訃報欄に添えられたベベルの顔写真。髪もヒゲも純白、さらにシワだらけ――それでもカワイイ。キュート。天国に行っているに違いない……。

＊

『ウディ・アレン追放』（猿渡由紀、文藝春秋）と題された新刊本にビックリ。

ウディ・アレンの私生活については、だいぶ前からスキャンダラスな感じで伝えられていたのだが、私は特に興味を持つことはなく、映画を観るだけで満足だったのだけれど……いやはや何とも、複雑怪奇といった様相になっているんですね。

ウディ・アレンは高校生の頃からアマチュア・ライターとして活躍。『泥棒野郎』（'69年）で本格的に監督デビュー。以来、『アニー・ホール』（'77年）、『ハンナとその姉妹』（'86年）、『ミッドナイト・イン・パリ』（'11年）など多くの映画を生み出してきた。たいていニューヨークを舞台にした軽妙な味わいのもので、私は好んで観てきたのだが……。私生活がこんなに、こんがらがっているとは……。全然、スマートでも粋でもないのよ。ちょっとばかりガッカリ。

ダイアン・キートンとかミア・ファローとか、癖の強そうな大物女優と親密交際したり、結婚したりしたのだから、私生活では頼もしく、ふところ深い人物なのでは？――と思っていたのだけれど……うーん……だいぶ違った。ハッキリ言ってイメージ・ダウン。

ウディ・アレンの映画は欠かさず観てきたので、「ああ、あの頃の話か」「あんなスマートで、おかしい映画の裏側に、こんな面倒で、泥くさいトラブルがあったのか……」と、まさにスクリーンの裏側を見せられたような気持ち。それで、私、ガッカリするというわけでもない。ケネス・アンガーの怪著『ハリウッド・バビロン』のニューヨーク版みたいだなあ……と、面白がっていたりもする。

著者の猿渡由紀さんは、一九六六年、神戸市出身。女性誌の映画欄を担当していて、一九九二年に渡米。映画監督へのインタビューや撮影現場の取材などを手がけているとか。

ウディ・アレンは一九三五年生まれの八十五歳。近影を見れば、髪もヒゲもマッシロ。二〇一九年の『レイニーデイ・イン・ニューヨーク』のあと、『リフキンズ・フェスティバル』（'20年）という映画を撮ったようなのだけれど……情報、ナシ。淋しい……というより、よくまあ、ここまで頑張ったなあ、と。

（2021年10月3日号）

◉ブスかくし効果？◉昭和の喫茶店◉忍の一字？

コロナウイルスという言葉を初めて耳にしたのは、昨年の一月下旬あたりだったと思う。坪内祐三さんのお葬式の時（一月二十三日）には、まだ誰もマスクをしていなかったのだから。

当時、中国の武漢の街なかで、バッタリ倒れている男の人の写真が新聞に掲載されていた。原因不明の肺炎が流行しているという話だった。「エエーッ!?」と驚いたものの、まさか、その後、地球一周といったいきおいで拡大してゆくとは……。最初の頃、発生源は洞窟のコウモリだとか、生鮮市場だとか報道されていたんですよね（結局、何だったんだろう？）。

日本では大正時代のインフルエンザ禍の中で、マスクをするという習慣が根づいていったという。約百年前の話ですよね。日本人の習性だか遊び心だか、素材や色などにも凝ったりするんですよね。ガーゼ、ベッチン、革など。大正の昔でも。

マスクって顔の下部（鼻、口、輪郭）を隠してしまうせいか、見た目が三割方、良く見えるような気がする。マスクをする時、「ブスかくし」という言葉が浮かぶ。少しばかり端正な、時には考え深げな印象になるような気がする……なあんて思いつつ、うーん、やっぱり、マスクは鬱陶しい。いつになったら、顔をさらけ出し合いながら、しゃべり合えるようになるのだろう。

＊

私は喫茶店好き。コーヒーが好きだというだけでなく、見知らぬ人たちが、くつろいだり、しゃべり合ったりする空間の中に、つかのま、ひたっているのが好きみたい。ひとり暮らしならではか？

当然のごとく今風のオシャレ喫茶店は敬遠。新聞や週刊誌を置いているような、近頃激減の、昔ながらの喫茶店が好み。たいてい常連客のオヤジたちが占拠しているわけだが、私はそしらぬ顔をしつつ、聞き耳を立てていたりする。店主は商売柄、私の顔をおぼえるだろうが、特に距離を詰めようとは、しない。私もそのほうが気楽。

店主はたいてい私と同世代か、一回り下くらいの世代の人。以前はその両親世代が切り盛りしていたのが、代替わりとなった店もあり。

2021年9月

勝どき橋を渡れば築地・銀座で、多くの喫茶店があるわけだが、以前に較べると、チェーン店方式の店がハバを利かせるふうになった。さすがにコーヒーのメニューも多く、インテリアもスマートなので、仕事の打ち合わせなどには利用するものの、私的な息抜きとなると、断然、昭和の時代からなじんできた個人経営の喫茶店――ということになってしまう。

その中でスゴイのが銀座でも新橋寄りの（特に名を秘す）老舗喫茶店。今どき「全席喫煙OK」という店。窓も大きく取ってあり、居心地もいい。

＊

ところで……と、突然、話は大きく変わりますが、コムロ問題、どうなるんだろう。

私は皇族ウオッチャーでは全然ないのだけれど、眞子様の婚約者である小室圭さんと、その母・小室佳代さんに関しては、注目していて、かなりの危うさを感じずにはいられない。

何しろフィアンセの小室家には不安材料ばかりが次から次へと……。母親の元・婚約者との金銭トラブルだの、勤め先での労災トラブルだの、父親の謎の自殺だの、母と子の密着ぶりだの……。それでも若い二人は年内に結婚される見通しだという。

今はメディアで叩かれている小室さん親子だけれど、実際、結婚してしまえば、メディアも国民も批判はつつしむようになるのでは？　たぶん、小室さん親子はそこまで読んでいるのだろう。何しろ、皇室ブランドを異様にありがたがる人たちというのは、けっこう多いようだから。そういう人びとには、ちやほやされるはず。今は「忍の一字」というところ？

さて。本日、ようやく一日の都内感染者数が千人を切ったというので一瞬ホッとしたものの、だからといって減少に向かっていくという保証はないのだった。まったく「いつまで続くぬかるみぞ」――。空をあおいで、思う。「こんなに空は青いのに……」

オランダ在住の親友K子との、二人だけのメール句会にもコロナは大きな陰をうつしている。単調な日々を送っているので、仕方なく「秋の夜」だの「秋の陽」だの「秋めいて」だのという言葉を乱用。我ながら、つまらない。

頭の中、永六輔作詞、中村八大作曲の「遠くへ行きたい」がリフレイン――。

（2021年10月10日号）

◉秋の墓参り◉ひとつの救い◉鉄壁親子?◉映画『MINAMATA―ミナマタ』

秋彼岸――。秋分の日（九月二十三日）は都合が悪かったので、前日に妹と浅草の寺に墓参り。近くの花屋で墓に供える花を買うわけだが、できあいの花束（それはそれで穏当な良さあり）ではなく、好みの花をコーディネート。大小の菊に吾亦紅（われもこう）を配した花束を作ってもらう。

吾亦紅は地味な、花とも言えないような花だけれど、細い枝にポツンポツンと渋い紅が配されているので、おもむきのある「空間」とか「広がり」を作ってくれる。シブイ脇役というか引き立て役というか。「吾（われ）も亦（また）、紅（あか）」というネーミングもスバラシイと思う。好き。

墓の左右に、その花束をさした時点で、もうひと仕事終わった、みたいな気分。亡き母も花好きで、少しばかりだが生け花のセンセイをしていたので、このコーディネート、喜んでくれると思う。

確か庄野潤三さんの小説だったと思う。墓参りに行って、墓に手を合わせながら、自分もまた、この墓で眠ることになるんだな、それを子どもたちが、今の自分のように手を合わせることになるんだな……といった感慨が、サラリと、つづられていたのを思い出す。

庄野潤三さんは大正十年、大阪生まれ。朝日放送に入社、東京支社時代に『プールサイド小景』で芥川賞を受賞。吉行淳之介、安岡章太郎などと共に、戦後文学のニューウエーブと見なされていたようなのだが、私は子どもだったから、知らない。

大人になって、たまたま読んだ『ザボンの花』『夕べの雲』が、しみじみと面白く、好もしく思ったのだった。大ざっぱな言い方になるけれど、「生」と「死」を見据えつつ、ごくフツーの家庭の日常の味わい深さを描いた作品群。うん、戦後の小津映画に通じるところもあるように思う。

と、こう書いていたら、俄然、庄野潤三小説を読み直したくなってきた。昭和三十年代――はるかなる昭和の日なた。

＊

九月二十一日の夜だったと思う。再放送版だったが、『NHKスペシャル――認知症の第一人者が認知症になった』というドキッとするようなタイトルのドキュメント番組あり。もうひとつNHKで認知症関連の番組を、興味深く観た。

香川県の、さる病院には認知症の人の悩みを聞く相談室というのがあり、その相談員自身が認知症当事者、長谷川和夫医師なのだった。

長谷川先生は、若い時から認知症について研究してきた第一人者で、恩師からは「君が認知症になって、研究は完成する」と言われたという。

幸か不幸か、長谷川先生は認知症になってしまった。研究者であり研究対象でもあり——という、何だか皮肉めいたなりゆきに。それでも、この医師は、めげたりしない。身をもって、「認知症は神様が用意してくれた、ひとつの救い」「笑ってゆくことが、たいせつ」と、おだやかに語る。

うーん……「救い」か。何となく、わかるような気がする。ほんとうに、何となくだけれど。とりあえず、自身の「死」を怖れることはないかもしれない。あっても無くてもいいような世智（せち）も、どこかに飛んでいって、まさに「自分に正直に」という心境になれるかもしれない。怖れるものは何も無し？　一種の「達観」状態？

途中から観たので、さまざまな疑問が湧いてきたのだけれど、何しろ「認知症の権威」が言うことなのだから、信頼してもいいように思う。「認知症は救い」という言葉——胸に刻み込まれた。

父と母、祖父と祖母——それぞれの晩年（みな長生き）はどうだったか？　あらためて思い出してみる。ちょっとボンヤリした感じにはなったものの、奇妙な言動は、めったになかったような気がするのだが……。

そうそう、私が二十代だった頃、有吉佐和子の小説『恍惚（こうこつ）の人』が評判になって、映画化もされた。認知症になった老人を森繁久彌が、それを介護する嫁を高峰秀子が演じた。こまかいことは、もうすっかり忘れてしまったけれど……「ほとんどホラー映画みたいだな。うちのおじいさんが亡くなった時とは、だいぶ違う」と思ったのは、おぼえている。祖父は当時としては珍しく九十歳まで生きて、一週間ほど寝たきりになって、スーッと静かに亡くなった……。あやかりたい!?

2021年9月

*

この数日、コロナ禍の東京の感染者数は三百人前後と、だいぶ少なくなっている。変異株とか、第六波とか、決して安心はできないものの、何だか私、「コロナ慣れ」してしまった感じ?

*

さて、映画の話——。前回書き切れなくて、ちょっと後悔したのが、『MINAMATA―ミナマタ』という映画。言うまでもなく「水俣病」を軸にしたもの。

今から七十年ほど前の話。熊本で奇怪な病気が多発するようになった。それは、水俣川の河口へ、さらに不知火(しらぬい)海全域へと広がる工場排水によるものだった。アメリカのカメラマンだったユージン・スミスは、日本人女性から水俣病についての撮影を依頼されて、日本へ。やがて、日本と深いかかわりを持つことになる——。

映画の中で、当時の惨状を写したユージン・スミスの、胸痛む写真の数かずも紹介されてゆく。ユージン・スミスを演じたのは、ジョニー・デップ。日本人サイドでは、加瀬亮、浅野忠信、真田広之、國村隼……という贅沢なキャスティング。あらためて(今頃になって!)ひどい時代だった……と思わずにはいられなかった。

(2021年10月17日号)

眞子さまのフィアンセとして登場の小室圭さん三十歳。なんだかスゴイ。

最初は小さなスナップ写真（ICUの学生で〝海の王子〟に選ばれた頃）。整った顔だちではあった。それが、やがてTVに映るようになって、私はアレッ⁉と思った。思いのほか背が低めで、顔は大きめに見えたので（人間、やっぱり全体を見ないとね）。

その後はアレヨアレヨの展開。帝国ホテルで撮ったという（自己愛まんまんの）写真を見ただけで、その特異な人柄が想像がつく。母親との仲は鉄壁でしょう。

世間の心配をよそに、眞子さまは、いちず。強引に仲を引きさくこともできない。何だかんだ言われても小室母子の勝ちかしら。その打たれ強さには、おそれいるばかり。

純情いちずのお姉さまをジッと見ている妹。佳子さまの胸中はいかに？

十月十日には、その結婚に反対というユーチューバーたちのデモがあったという。

2021年9月

2021年
10月

ひとふさの葡萄の充実てのひらに

◉志ん朝健在◉野暮なランキング◉客席王・I氏◉チクチク

台風一過。十月に入ったというのに妙に暑い。半袖Tシャツ姿で、少し汗ばみながら、これを書いている。

十月一日は、古今亭志ん朝さんの命日。ちょうど没後二十年ということになる。六十三歳……。存命であったら、今年、八十三歳ということに。父・志ん生は体に悪いことばかりして、（偶然にも）八十三歳まで存命だったというのに……。

志ん朝さんが亡くなって、しばらくの間、CDを聴くのも辛かったのだが、いつの頃からか、おだやかな気持ちで聴けるようになった。何度、聴いても愉しい。今にして思えば、志ん朝さんの、最も充実していた時期の録音だったのでは？

当時、録音を担当したソニー・ミュージックのプロデューサー・京須偕充さんの著書『**落語家昭和の名人くらべ**』（文藝春秋）には、志ん朝さんの複雑微妙な羞恥心（しゅうち）のありようが、活写されている。京須さんはこう書いている。

「父（志ん生）のぞろっぺいを最終の理想とし、一切の制約から逃れてのほほん人生を送りたい志ん朝と、ときに自分に枷（かせ）を課してまで自分の生き方に形と方向をつけたい志ん朝。ここにも二人の志ん朝の姿がある。自由を謳歌したい志ん朝と調和を大切にする志ん朝。昭和世代の志ん朝の体内に住む明治人間の志ん朝ということだろうか」というくだり。私は大きく、うなずく。同感。

編集者と共に、志ん朝さんと会食したのは、ただ一度だけだったけれど、「のほほん」を望みつつ、ストイックなところも棄て切れず、ガンガン前に出て行くのも恥ずかしい……そういう感受性の持ち主であることは、すぐに察せられた。（ずうずうしい言い方になるが）私もガンガン前に出て行くのが苦手なほうなので。

カセットテープ時代を経てCDやDVDで何度も志ん朝落語を聴き続けているというのに、全然、飽きない。私の中では古今亭志ん朝は、いつまでも健在。

＊

九月二十八日の『ロンドンハーツ』（テレビ朝日系）のテーマは「売れっ子芸人格付け」というものだった。

前半はタイトル通り近頃の売れっ子のランキング発表だったので、そこそこ興味を持って観ていたのだが、終盤、ガラリとテーマを変えて、「面白くないお笑い芸人」というランキング発表に変わった。「エーッ!? 何でそんなことするの?」と私はビックリ。「そんな、イジメの構図みたいなランキング、観たくもない！」とばかり、チャンネルを変えてしまった。

そういうわけで「面白くないお笑い芸人ランキング」に選ばれてしまったお笑いタレントたちは、どういう顔ぶれだったか知らないわけだが……。「そんなランキング、同業者として胸が痛まないの？ 笑ったりできるの?」と、しばらく暗い気分に。もちろん全員プロだから、選ばれてしまった人たちを傷つけたりすることなく、逆に引き立てるような気づかいはあったのだろうが……。そこまで読めないシロウト（視聴者）は多いだろう。特に子どもたち。学校でマネしたりするんじゃないか？

面白い人は勝ち残り、つまらない人は消えてゆく——その事実だけでいいじゃないの。笑いの世界はスポーツなどとは違って、本来、勝ち負けや順位を競うようなものではないのだから。ランキングなんて、特にネガティブなランキングなんて野暮というものでしょう。

＊

昨日、仕事のために観なくてはいけないDVDがあって、デッキにセットしたのだけれど、TV画面に映像が出てこない。どこが問題なのか、あちこち、いじってみたのだけれど、ダメ。「あーあ」とタメイキをつきつつ、なじみのI電器のI氏に電話。

一時間ほど経ってI氏到着。デッキのあたりをチラリと見て、ぐるぐる巻きになっているコードのあたりをいじったりしていたが、アッサリとトラブル解決。例によって「私って、どうしてこう、電気製品とかメカニックなものにヨワイんだろう！」と、情けなくなる。

I氏には三十年ほど前からお世話になっているが、お茶を呑みながら雑談するうちに、凄い芸能好きだということがわかった。もっぱら演歌、ギター、浪曲のファン。ライブ通いの「客席王」。玉川奈々福さんの舞台でも、当然のごとく客席の前方にI氏の姿が……。

I氏は、かなりの茨城ナマリ。聞けば、やっぱり茨城出身で、ロカビリーで有名だった寺内タケシと同郷。エレキギターに夢中になったらしい。上京して半世紀は経っているはずなのに、ナマリは消えないというところが、なんだか好ましい。

＊

このところ、都内のコロナ感染者の数は減っていて、今日（十月四日）などは百人をギリギリ下回っていたりする。油断はできないけれど、終息に向かっているんだな、もうしばらくの我慢だなと思えて、嬉しい。

「ソーシャルディスタンス」というので、極力、人に会ったり人出の多い所に出かけたり——というのを控えてきた。

こんなに長期間の引きこもり生活は初めて。この状況を何とかプラスに持っていけないか？「好機」にできないか？——と思っていたら、数日前から左の胸の乳房（って程のものではないが）がチクチクする。細い針で突っつかれたかのように。

俄然、心配に。「心筋梗塞」という言葉がガーンと大文字になって頭に浮かぶ……でも、そうだ、おでかけ（病院通い）の絶好のチャンスと思い、近所の小さな病院に行って、診てもらったのだが、「規則正しい生活を」「軽い体操を」とか何とか言われただけで、（私に言わせれば）追い払われた。

どうにも納得できず、大病院に行ったのだけれど、ほぼ同様の扱い……、無事なのね、問題ないのね——とホッとするいっぽう、「もっと親身になってほしいもんだ！」という不満も少々。

はい、今はチクチク、まったくナシ。あれはいったい何だったのだろう。

（２０２１年10月24日号）

◉意外な発言◉ズシッ！と来た◉スゴイ映画

本日、気温二十九度。昭和の昔だったら真夏だ。地球温暖化。日本の「四季」も崩れがち。うーん、俳句作りにとっては危機ですね。

それでも空を見あげれば、さすがに青く澄みきって、ゆっくり流れる白い雲も秋らしさを感じさせる。というわけで今週の俳句は「秋の空」を乱発。

コロナ禍も、東京ではこのところ感染者数が百人を切って、二ケタに落ちついてきた様子。長いトンネルの先に出口が、ちょっと見えてきたような感じ。ワクチン接種とマスク生活が効いたのだろう。まだまだ油断はできないけれど、いい方向に向かっているというだけで、ホッとする。

マスク生活は鬱陶しいものだけれど、実のところ、捨てがたいメリット（？）もある。顔の下半分をかくしてしまうので、化粧がラク。口紅も頬紅も省略できる。それに加えて……マスクをすると、たいていの人が実際よりも整った顔立ちに見えるんですよね。

ということは……美醜の差というのは、案外、顔の下半分（鼻、口、アゴ）で決まるというわけか……と、気づかされたりもして。

――なあんて、どうでもいいような話を銀座のハズレの喫茶店で妹とシャベリ合っていたら、隣の席に一人でいた若い男の子（二十代半ばか？）が、突然、私たちの会話に割り込んできた。人なつこい笑顔で、いきなり「**僕、これから整形に行くんですよ**」と。「エッ!?」と驚く私たち。小声で話していたつもりだったのだけれど……。

「エッ!? 整形するなんて……やめなさい、やめなさい、今のままで十分じゃないの!」と、急にオトナぶる私。実際、どこといって難のない顔立ちだったので。

するとは彼は笑顔のまま、こう言った。「僕、これからホストになるんですよ。北海道から出てきたんですよ」と。

エッ!? エッ!?と驚きつつ、私はこう言った。「おとうさん、おかあさんに、ちゃんと言ったの!?」と。

すると彼は、やっぱり笑顔のまま、「はい、了解とりましたっ」と明るく答えるのだった。私は「あっ、そうなの」と小さく呟くしかなかった。頭の隅に「敗退……」という言葉が浮かんだ。

今や、その、人なつこい彼の健闘を祈るのみ——。

＊

十月七日。深夜十一時前、TVを観ていたら突然、ズシッ!と来た。「あっ、地震だ!」と、はじかれたように玄関ドアへと走り、そこに常備のヘルメットをかぶり、ドアを開けて、小さくうずくまる。

私の頭の中では、地震によって玄関ドアが歪んで開け閉めできなくなる——というのが恐怖なのだ。ドアを開けて左右を見渡すと、どのドアも閉まったまま、シーンとしている。真夜中なのだもの、みなさん、もう床についているのだろう。

そもそも……まっさきにドアを開けるということ自体、適切な対処法なのだろうか? ドアが開け閉めできなくなるほどの大地震なんて、めったにないのでは?――と思いながらも、ついつい、体がそう動いてしまうのだ。

ドキドキしながら揺れに耐えていたら、案外、早めに揺れはおさまった。余震というのも感じなかった。ホッとして、ドアを閉める。

翌日、新聞(夕刊)を見ると、一面に「都内震度5強 3・11以来」と大きな見出しで出ているではないか。「エーッ!? 震度5強?」と、あらためて驚く。

真夜中なので、火の気が無くてよかった。都内のケガ人は五十人超だったというが。昔は「地震、カミナリ、火事、おやじ」と言ったけれど、やっぱり地震が一番、こわい。私としては「地震、火事、カミナリ、カミナリ」の順。「おやじ」がコワイという人は、今や、めったにいないだろう。

*

映画の話――。十月三十日公開の『MONOS(モノス)――猿と呼ばれし者たち』が、スゴイ。

ストーリーを詳しく紹介するのは控えたほうがいいような気がする。とにかく南米の山岳地帯にひそむゲリラ組織の話。モノス(スペイン語で〝猿〟という意味)というコードネームを持つ少年少女兵を使って、アメリカ人の博士(女性)を人質にするのだが……という話。

モノスの子たちは全員、誘拐されてきた子たち。それでも、銃を持ち、武装組織の末端にさせられている。

そんな悲惨でグロテスクな話なのだけれど、時に「神々(こうごう)しい」と言いたくなるような大自然の風

『MONOS――猿と呼ばれし者たち』
©Stela Cine, Campo, Lemming Film, Pandora, SnowGlobe, Film i Väst, Pando & Mutante Cine

景場面（そして遺跡）が、さしはさまれてゆく……。

魂に訴えかけてくるような快作だと思う。

監督（脚本も）はブラジル生まれのアレハンドロ・ランデス。アメリカに渡り、ジャーナリズムの世界を経て、映画界に。一九八〇年生まれというから四十一歳か。

さて、もう一本。十一月五日公開のイタリア映画『**ほんとうのピノッキオ**』が愉しい。

ピノキオの話は多くの人が知っているだろう。十九世紀後半にイタリアの作家カルロ・コッローディが書いた『ピノッキオの冒険』は世界中に翻訳され、ディズニーのアニメにもなった。

貧しい木工職人のジェペット爺さんが丸太から作った人形が、突然、命を吹き込まれたかのようにシャベリ出した！　爺さん、ビックリ。やがてピノッキオと名付けられた人形は冒険の旅に出る……という話。

ジェペット爺さん、どこかで見た顔だなと思ったら……そうだ！　ジム・ジャームッシュ監督の『ダウン・バイ・ロー』（'86年。エッ、もう三十五年も前か！）に出ていたロベルト・ベニーニなのだった。さすがに軽妙な演技。なおかつ情の深さも漂わせている。

さて、ピノッキオはどういう扮装で出てくるのだろうと思ったら、どうやら子役が特殊メイクを駆使した形になっていた。何しろピノッキオは木彫りの人形という設定だから、顔に木目が入っている。そうとう時間をかけてのメーキャップだろう。いや、CGも使っているのか？――いずれにしても大変そう……。

ピノッキオの、赤いトンガリ帽子＋赤い服というコスチューム、すごくオシャレ。特に花ビラを集めたような飾り衿が。ピノッキオばかりではなく、登場人物（貧乏人も金持ちも）のファッションも、おおいに見応えあり。わくわく。

ディズニー・アニメの『ピノキオ』とは、だいぶ違う。人間の心の闇の部分もシッカリ描いている。お子ちゃま向きではない。大人が観るに価（あたい）する映画になっている。

この映画、イタリアでは動員ナンバーワンの人気だという。

（2021年10月31日号）

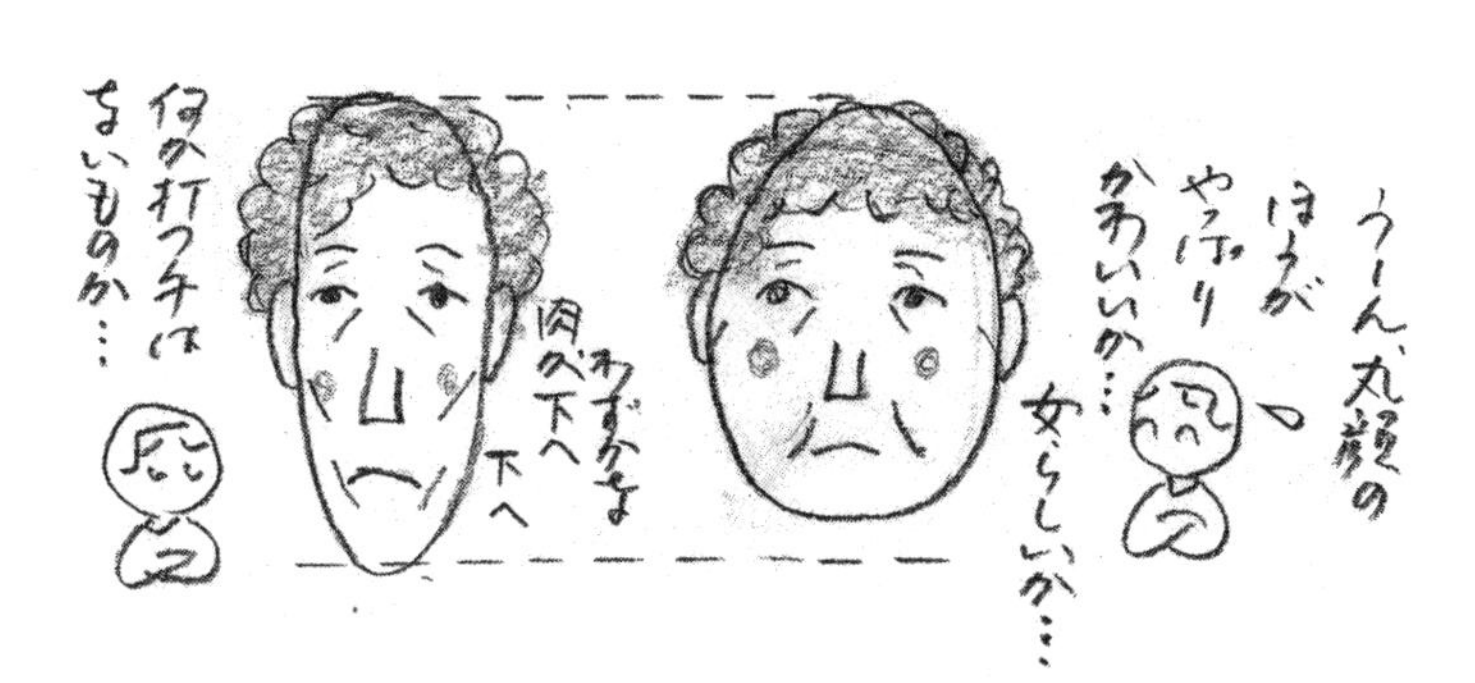

本文の中で語っているので、クドイ話になってしまいますが……。正直言って、この一年間の最大ショックはコロナ禍で人に会うこと少なく、「顔が伸びた」問題のような気がしてならない。

歳も歳ゆえバアサン顔になるのは自然。当然のことだが……私が予想していたバアサン顔とは、ちょっとばかり違った。「顔のあちこちにシワが出てくるんだろうなあ、でも目尻の笑いジワなんかだったら、それなりに許せるよね、感じがいいよね、ひたいの横ジワだったら前髪でかくれるし……」なんて、ノンキに構えていたのだが……まさか老化というものが、「顔が伸びる」という形で出てくるとは思わなかった。

実際にモノサシを当てて測ってみたわけではない。鏡でパッと見た印象。たぶん、表情筋がゆるみ、引力の法則に従って顔の肉が下へ下へと垂れていくために、顔が伸びたように感じられるのだろう。これに抵抗するには、逆立ちをして暮らすほかはないのでは？　整形なんて絶対イヤだもの。

2021年10月

あとがき

昨年（二〇二〇年）の一月十三日には、歳下ながら、私の師のようでもあった評論家・坪内祐三さんが急逝（急性心不全）。そのお葬式に出席して、しばらくしたら、新聞に中国の武漢の街なかでバッタリ倒れて死んだ男の人の写真が……。やがて「コロナ・ウイルス」という言葉を知るようになった。エッ!?と驚いたものの、その後、ほぼ地球規模で広がってゆくことになるとは……。

私は「戦争を知らない子供たち」の世代だけれど、（大ゲサに言えば）戦時下のような暮らしを体験することとなった。ほんとうに「まさかの日々」。私などの世代はともかく、若い人たち、幼い子たちが、気の毒でならない。

近頃の国内感染者数は減少傾向にあり、暗いトンネルの先に少しばかり出口のあかりが見えてきたように感じる。

コロナ禍によって、多くの業種が深刻なダメージを受けた。人生が一変してしまった人も多いだろう。そんな中で、いったい私、何が書けるのだろう……。いろいろ迷ったけれど、結局のところ、「今まで通り、いつも通り」にしか書けなかった。いいんだか悪いんだか、わからない。何のヘンテツもない日常というものの、ありがたみを痛感したことだけは確か。

一人暮らしの「ステイホーム」で、人に会うことも少なく、ついつい過去の自分を振り返ることが多くなった。「コロナ鬱」という程のものではないが、イヤな思い出が続々と。今頃になって恥入ってます。コロナがあけたら、ちゃっかり忘れてしまいそうだけど。
――と、まあ、そういうわけで。コロナ禍の、ある「おっちょこちょい」の記録として読んでいただけたら幸いです。

二〇二一年、秋。

著者

装幀　田中久子
カバー・扉絵　西山寛紀
本文レイアウト　菊地信義
イラストレーション／句　中野翠

《著者紹介》
中野　翠（なかの・みどり）
早稲田大学政治経済学部卒業後、出版社勤務などを経て文筆業に。1985年より『サンデー毎日』誌上で連載コラムの執筆を開始、現在に至る。著書に『小津ごのみ』『この世は落語』『いちまきある家老の娘の物語』『いくつになっても トシヨリ生活の愉しみ』『あのころ、早稲田で』『コラムニストになりたかった』『いい加減、馬鹿』など多数。

まさかの日々（ひび）

印刷　2021年12月 1 日
発行　2021年12月15日

著者　中野（なかの）　翠（みどり）
発行人　小島明日奈
発行所　毎日新聞出版
〒102-0074　東京都千代田区九段南1-6-17
千代田会館5階
営業本部：03(6265)6941
図書第一編集部：03(6265)6745
印刷・製本　中央精版印刷

ISBN 978-4-620-32718-1